시키면 한다!
약간 더
위험한방송

## 시키면 한다! 약간 더 위험한 방송


**초판 1쇄 인쇄** 2007년 4월 2일
**초판 1쇄 발행** 2007년 4월 9일

**지은이** TU미디어㈜
**펴낸이** 김연홍

**편집부** 홍우진 김미양
**디자인** 임 호
**영업부** 김은석
**관리부** 한인선

**펴낸곳** 아라크네
**출판등록** 1999년 10월 12일 제2-2945호
**주소** 121-865 서울시 마포구 연남동 224-57
**전화** 02-334-3887  **팩스** 02-334-2068
**홈페이지** www.arachne.co.kr  **이메일** arachne@arachne.co.kr

**값** 9,500원

**ISBN** 978-89-92449-11-3  03800


잘못된 책은 바꾸어 드립니다.

시키면 한다!

# 약간 더 위험한 방송

장진호 기획
TU미디어(주) 지음

아라크네

# 거침없는 무대뽀 쌩쇼 실험

"위험한 거나 창피한 거나 시켜만 주십시오. 뭐든지 합니다."

누구나 한번쯤 생각했으나 실행에 옮기지 못한 것을 대신 해주는 방송 프로그램. 오프닝도 엔딩도 특별한 편집 기교도 없는 이 무대뽀 프로그램에는 유명 연예인이 나오지 않으며, 그렇다고 잘 생기거나 섹시한 출연자가 나오는 것도 아니다. 단지 정상수라는 이름의 순박한 젊은이가 '대신맨'이라는 이름으로 시청자 대신 실험을 해줄 뿐이다. 물론 PD, 작가, 카메라감독 등 스탭도 가끔은 출연을 한다.

어떻게 보면 허접하게 보이는 이런 프로그램에 시청자의 인기가 몰린 비결은 무엇일까? 그 동안 수많은 방송 조미료에 입맛을 농락당한 시청자들에게 자연 그대로의 구수한 된장찌개와 같은 맛을 보여준 이유 때문일 것이다. 그 무공해 감칠맛 때문에 마니아들이 생겨나고 수많은 시청자들로부터 열화와 같은 사랑이 쏟아진 것 아니겠는가.

전문적이지는 않지만 솔직한 실험 결과, 주절주절 길게 끌지 않고 있는 그대로 편집한 담백함도 그 맛을 더했을 것이다.

미디어는 진화되고 수많은 콘텐츠들이 날마다 새로 생겨나는 세상이다. 〈시키면 한다 약간 위험한 방송〉은 이런 시대에 처음 시도된 시청자를 위한 본격 서비스 프로그램이라는 의의를 갖고 있다. 2005년 위성DMB TU의 자체 채널인 채널블루에 첫 방송되면서 쟁쟁한 지상파 프로그램들을 당당히 제치고 1위를 했던 놀라운 기록이 있다. 프로그램 두 돌을 맞이하여 시청자의 힘을 빌어 책으로도 출간되니 기쁘기 그지없다.

그 동안 시즌 1, 시즌 2를 거치며 1,000개가 넘는 시청자의 궁금증을 대신 실험하면서 많은 고난과 역경을 이겨낸 대신맨 정상수 씨가 이 책의 첫 주인공이다. 또한 EX 스타의 이희재 팀장과 제작 피디님들의 값진 결실도 이 책의 탄생을 가능케 해주었다. 이 약간 위험한 방송에 생명을 불어넣은 김경만, 김상아 프로듀서와 김영 팀장님, 예쁜 후배 김선희 피디… 그 외 수많은 마니아 분들께 감사의 인사를 드린다. 무엇보다 위성DMB TU미디어 채널블루와 함께 이 소중한 흔적을 함께하고 싶다.

2007년 4월 봄의 한가운데에서
TU미디어 프로듀서 곰피디 장진호

머리말_4

## 1. 엽기 실험

약간 더 위험한 방송

시청자를 위한
본격 서비스 프로그램

여러분의 위험한 호기심을 기다립니다
www.tu4u.com

## 3. 경악 실험

시켜먼 한다!
약간 더
위험한 방송
엽기실험

# 비둘기를 잡아 먹어도 되나?

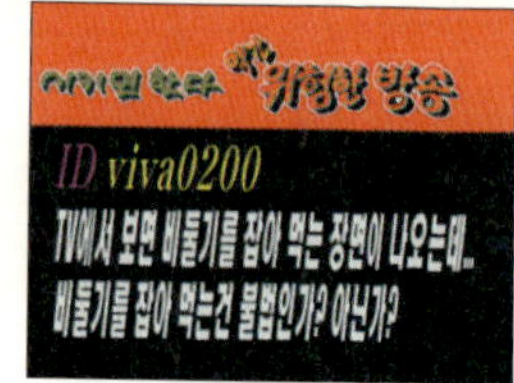


시킨 사람 : viva0200

■ **시킨 일** : TV에서 보면 비둘기를 잡아먹는 장면이 나오는 경우가 있다. 그런데 비둘기를 잡아먹어도 될까, 아니면 비둘기를 잡아먹는 건 불법일까?

우리의 대신맨이 모이를 들고 비둘기 생포에 나섰다. 모이를 살살 뿌리며 비둘기를 유인하자 순식간에 비둘기들이 떼로 몰려든다.

대신맨, 순식간에 비둘기 잡기 모드로 돌입. 그러나 쉽게 잡히지 않는다. 몇 번의 실패 끝에 드디어 한 마리 잡 · 았 · 다.

기분이 너무 좋은 대신맨은 잡은 비둘기를 들고 경찰서를 찾아 나섰다. 어렵지 않게 파출소 발견!

**소방관** : 여긴 소방선데요.
**대신맨** : 파출소 아니에요?
**소방관** : 경찰 파출소는 저 위에 있거든요. 여기는 소방서입니다.

이번에는 제대로 경찰서를 찾아낸 대신맨.

**대신맨** : 오다가 비둘기 한 마리 잡았거든요. 이거 먹을 수가 있나요?

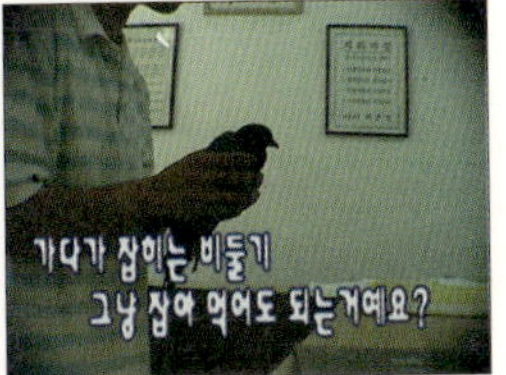

경찰관 1 : 그걸 드시려구요?

대신맨 : 네.

경찰관 1 : 기생충이 얼마나 많은데요.

대신맨 : 오다가다 잡히는 비둘기는 그냥 잡아먹어
도 되는 거예요?

경찰관 1 : (침까지 튀며) 먹지 마세요!

경찰관 2 : 왜? 비둘기가 다쳤어?

경찰관 1 : 아니오, 잡아드신대요.

대신맨 : 잡아먹으면 불법인가요?

경찰관 2 : 그런 것은 본인의 양심에 맡기는 것이
고… 자연은 보호해야지, 그것을 먹으려고….

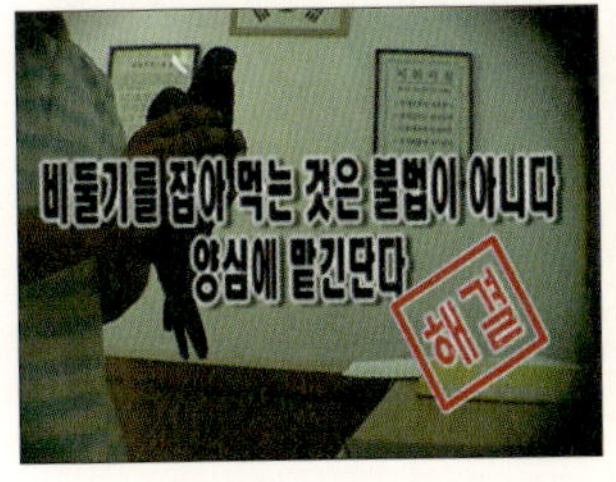

 **결론** 비둘기를 잡아먹는 것은 불법이 아니
다. 양심에 맡긴단다.

# 노래방에서 여성이 여성 도우미를 부를 수 있을까?

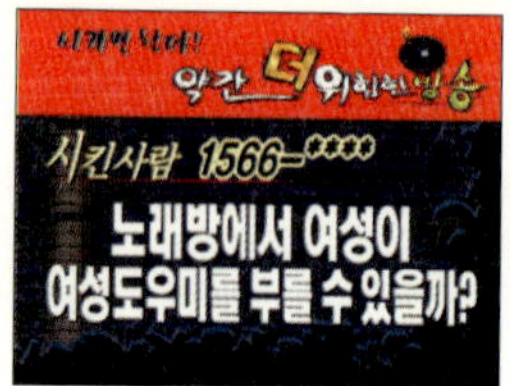


시킨 사람 : 1566-****

■ **시킨 일** : 노래방에서 남자 손님들이 여성 도우미를 불러서 같이 논다는데, 그렇다면 여성도 여성 도우미를 불러서 같이 놀 수 있을까?

노래방을 찾아 제작진과 대신걸이 나섰다.

노래방에 도착한 후 몰래 카메라를 설치 중인 제작진.

슬픈 노래로 분위기를 잡고, 이어서 안약까지 넣고 연기에 몰입한 대신걸.

**대신걸** : 저기요, 노래방 도우미 하시는 분들 2명만 불러주세요.

**종업원** : 2명이요?

**대신걸** : 네.

**종업원** : 여자?

**대신걸** : 네.

**종업원** : 지금 그 방에….

**대신걸** : 오시는 데 얼마나 걸리세요?

**종업원** : 전화 해보고 제가 늦으면 늦는다고 말해 줄게요.

　잠시 후, 종업원 다시 등장. 시간이 일러서 도우미를 부르기 어렵다고 핑계를 댄다.

대신걸 : 저희가 도우미 언니를 불렀는데요….
노래방 주인 : 도우미 없는데… 왜 도우미를 찾아?

대신걸 : 같이 놀면 안 돼요?
노래방 주인 : 도우미 없어. 언니들이랑 놀 만한 도우미가 없는데 웬 도우미….
대신걸 : 저희가 여자라서 안 돼요?
노래방 주인 : 그것도 그렇고, 언니들이랑 놀 만한 연령대 언니들도 없어.
대신걸 : 재미있게 놀아주면 상관없는데….
노래방 주인 : 둘이 재미있게 놀면 되지 무슨….

여성 도우미 부르기 1차 실패.

　다른 노래방을 찾은 대신걸, 다시 노래방 도우미를 불러 달라고 요청한다.
　노래방 주인, 조금은 당황한 듯.
　역시나 여성 도우미 부르기 실패.

 **결론** **노래방에서 여성이 도우미를 찾으면 그냥 너네끼리 재미있게 놀라고 한다.**

# item 3

## 뽀뽀와 키스를 해주는 장사를 하면 벌이가 될까?

시킨 사람 : 키스맨

■ 시킨 일 : 사람들이 많은 데서 뽀뽀와 키스를 해주고 돈을 받는다면 장사가 될까요?

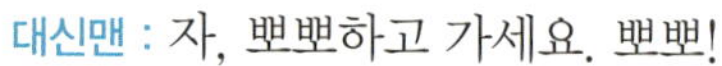

'봄맞이 특별 이벤트'

뽀뽀 500원 / 키스 1000원

대신맨, 명동 한복판에서 장사를 시작하다.

대신맨 : 하실래요?

여자 : 아뇨.

대신맨 : 왠지 할 것 같았는데….

뽀뽀 홍보 플래카드를 들고 거리를 활보하는 대신맨.

사람들의 시선을 한눈에 사로잡았다.

대신맨 : 자, 뽀뽀하고 가세요. 뽀뽀!

그러나 모두들 반응 없음.

30분이 경과했는데도 다들 이상하게 쳐다보기만 할 뿐이다.

적극적으로 손님몰이에 나선 대신맨.

여학생들 : (도망가면서) 어머, 변태인가 봐.

동네 주민 : 여기서 이러시면 안 되거든요!

급기야 장사 터까지 뺏긴 대신맨.

결국, 한 시간 동안 단 한 사람의 손님도 받지 못했다.

**결론**  공개적으로 뽀뽀와 키스를 해주는 장사는 망하기 쉽다.

# item 4

## 한일전에서 일본을 응원하면 사람들이 어떤 반응을 보일까?

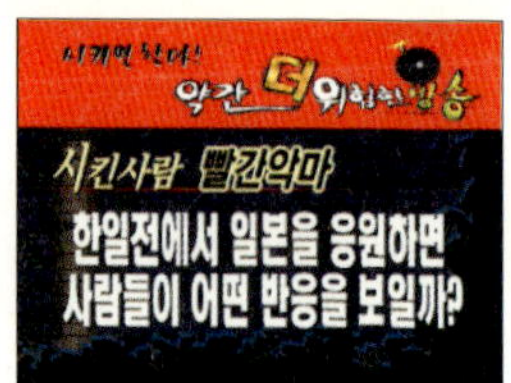


시킨 사람 : 빨간악마

■ **시킨 일** : 한일전 경기가 벌어질 때 일본을 응원하면 주위 사람들이 어떤 반응을 보이는지 실험해 주세요.

미국에서 열린 WBC 4강 한일전.

서울역 광장 중앙으로 들어가는 대신맨.

일장기가 선명한 머리띠를 두르고 심호흡 한번 했다.

가슴에도 역시 일장기!

대신맨, 오늘 괜찮을까?

**아줌마 1** : 이 청년 왜 이래?

**아줌마 2** : 분위기 파악 좀 하지….

양손에 깃발까지 들고 휘두르는 대신맨.

사진기자가 달려들어 미친 듯이 셔터를 눌러 댄다.

그 순간, 분위기가 험악해지더니 욕설까지 난무한다.

**아저씨 1** : 가!

**아저씨 2** : 가라고!

여기저기서 사람들이 달려들어서 일장기를 찢어버린다.

어느 틈엔가 청년들이 나타나 대신맨을 말리기 시작했다.

한국이 6:0으로 지고 있는 상황.

결국 차가운 분위기에 밀려 나오는 대신맨. 상황 끝.

 **결론** 한일전 때 공공장소에서 일본을 응원하면 봉변당한다.

# item 5

## 겨울에 식당에서 에어컨을 켜달라고 하면 어떻게 될까?

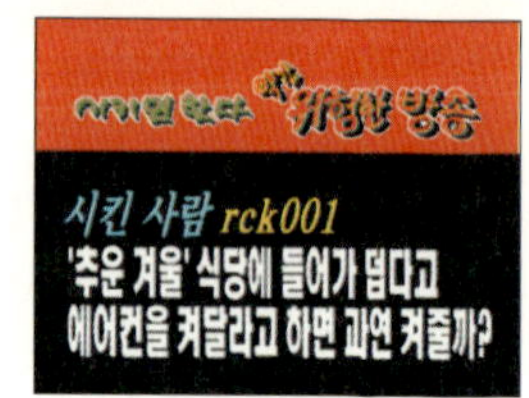


시킨 사람 : rck001

■ **시킨 일** : 추운 겨울에 식당에 들어가서 덥다고 에어컨을 켜달라고 하면 과연 켜줄까?

추운 날씨에 반바지와 민소매 티셔츠를 입은 대신맨. 정말 추워 보인다. 첫 번째 식당. 단체 손님이 보이고…. 자리가 없단다. 두 번째 식당을 찾아 이동.

대신맨 : 여기 시원한 냉면 돼요?

주인 : 시원한 냉면요? 추울 텐데….

대신맨 : 더워서… 열이 많아서요.

주인 : 시원한 냉면 해드릴게요.

대신맨 : 더워서 그런데… 에어컨 좀 틀 수 있어요?

주인 : 에어컨은 안 돼요. 다른 손님들도 있어서….

대신맨 : 너무 더워서요.

주인 : 선풍기 앞에 앉으세요.

직접 선풍기를 틀어주는 주인.

대신맨 : 에어컨 켜면 시원할 텐데….

다른 식당을 찾아 거리에 나선 대신맨.
추위에 몸서리가 쳐지고….
힐끔, 힐끔, 대신맨을 보는 시민들.
정신 이상자를 보는 듯한 이상한 시선들이다.
세 번째 식당 발견.
난로가 켜 있는 곳으로 들어갔다.

대신맨 : 시원한 냉면 주세요. 얼음 띄워서….
주인 : 안 추우세요?
대신맨 : 더워서… 오늘 날씨가 덥네. 시원한
냉면 두 그릇 주세요.
주인 : 얼음 띄워서 드려요?
대신맨 : 그럼요. 그리고 아줌마, 여기 더운데
에어컨 좀 켜면 안 돼요?
주인 : 안 돼요.
대신맨 : 너무 더운데….

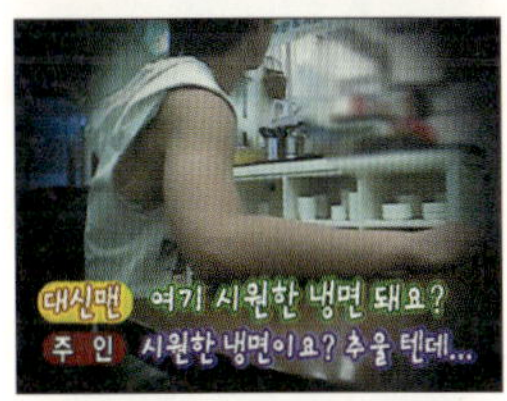

양말을 벗고 부채질까지 하는 대신맨.

대신맨 : 아, 더워. 더운 날씨야!

얼음 둥둥 띄워져 있는 냉면. 국물까지 쭉~
마시고 나오자마자 추워서 기겁하는 대신맨.

**결론** 추운 날씨에 에어컨을 켜달라고 하면
절대 켜주지 않는다.

# item 6

## 무료 시식코너에서 음식을 끝까지 먹을 수 있을까?

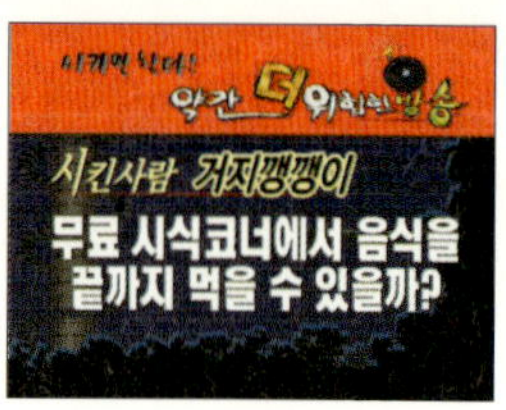


시킨 사람 : 거지깽깽이

■ **시킨 일 :** 시장이나 마트에 가면 조금씩 맛을 보게 해주는 무료 시식코너를 볼 수가 있다. 그곳에서 배부를 때까지 음식을 먹을 수 있을까?

다양한 종류의 시식코너들이 있는 곳에 대신맨이 출동했다.
군침을 삼키는 대신맨.

**대신맨 :** 시식해도 되는 거죠?

**아주머니 :** 네. 드셔도 됩니다.

**대신맨,** 허겁지겁 계속 먹어대는데….

**대신맨 :** 이거 많이 먹어도 되는 거죠?

**아주머니 :** 많이 먹으면 안 되죠, 시식인데….

그래도 대신맨은 꿋꿋하게 먹고 있다.

아주머니 : 좀 남겨놔요.

대신맨 : 남겨 놔야 되나요?

아주머니 : 시식은 사가라고 하는 거예요.

대신맨 : 사는 거는 제가 나중에 돈 있을 때 사면 안 돼요?

급기야는 남자 직원이 나왔다.

남자 직원 : 장사해도 되겠어. 장사 끼가 보여요. 알바 한 번 하실래요? 잘 하실 것 같은데….

대신맨 : 네, 저 잘 합니다. 이런 거…. 그런데 혹시 하나 더 구워주진 않습니까?

남자 직원 : 저희도 관리해야 하니까 지금은 곤란합니다.

대신맨 : 그러면 이따가 또 와서 시식해도 되나요?

남자 직원 : 네, 하세요.

다른 시식코너로 발길을 옮기는 대신맨.
이번에는 아예 시작부터 아주머니에게 묻는다.

대신맨 : 많이 먹어도 됩니까?

아주머니 : 안 돼요. 시식인데… 여러 사람 먹어야 되는데….

듣거나 말거나 하면서 대신맨은 계속 먹고 있다.

아주머니 : 손님, 웬만하면 그만 드셨으면 좋겠는데….

대신맨 : 제가 새우를 너무 좋아해서요.

아주머니 : 다음에 와서 드시면 되잖아요. 아니면 사 드시든가.

대신맨 : 아, 제가 돈이 없어서….

아주머니 : 드실 때 드시더라도 양심껏 드셔야죠!

그날 대신맨은 시식코너에서 점심을 해결했다.

**결론** 시식코너에서 음식을 많이 먹어도
눈치만 줄 뿐 제재를 하진 않는다.

# item 7

## 만화처럼 기타로 머리를 내리치면 어떻게 될까?

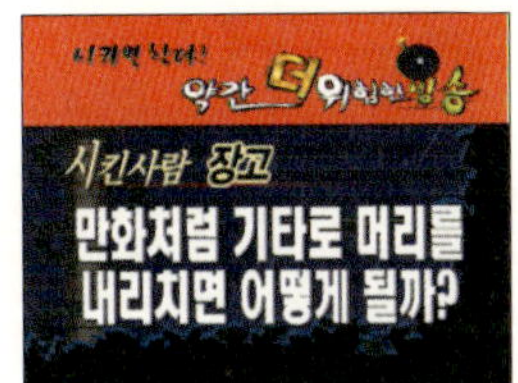


시킨 사람 : 장고

---

■ 시킨 일 : 만화를 보면, 기타로 사람 머리를 내리쳤을 때 기타가 뚫리면서 머리가 나온다. 실제로도 그럴까?

실험 내용을 전혀 모르는 대신맨, 여유 만만하게 제작진을 만났다.

조PD : 만화에서 보면 기타로 이렇게 땅 때리면 얼굴이 툭 튀어나오잖아요.
대신맨 : 설마?

대신맨, 긴장과 초조로 안절부절하고 있다.
과연 대신맨은 이 위기를 어떻게 빠져나갈 것인가.

이때, 대신맨을 대신하는 마네킹 등장.

기타로 힘껏 내리쳤더니 박살이 난 기타.
엄청난 파괴력이다.

 **결론** 기타로 머리를 내리치면 기타가 뚫리기는 하지만 매우 위험하다.

# 도심 한가운데에서
# 선탠을 하면 어떻게 될까?

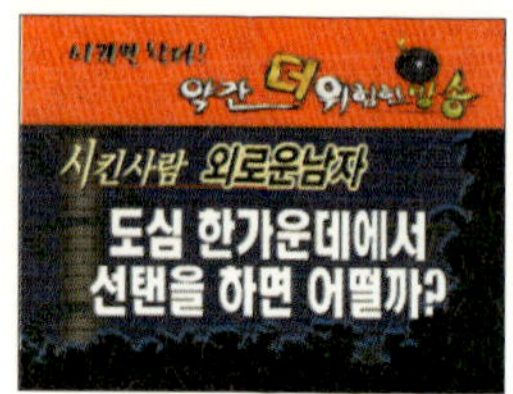

시킨 사람 : 외로운남자

■ **시킨 일 :** 복잡한 도심 한가운데에서 선탠을 하면 어떤 일이 일어나는지 실험해 주세요.

명동 한가운데에 자리를 펴는 대신맨.

시내 한복판에서 수영복 차림으로 있는 그를 이상하다는 듯이 바라보는 사람들.

얼마 지나지 않아 경찰관 등장.

**경찰관 :** 뭐 하시는 겁니까?

**대신맨 :** 오늘 날씨가 좋아서 선탠을 좀 하려고요.

**경찰관 :** 여기서 선탠을 해?

**대신맨 :** 일단 바르던 거 마저 바를게요.

경찰관의 말에 아랑곳 하지 않고 선탠오일을 바르는 대신맨.

화가 난 경찰관의 얼굴이 붉어진다.

경찰관 : 좋은 말로 하니까….

대신맨 : 화내지 마세요.

경찰관 : 선탠은 무슨 선탠을 해? 햇볕도 안 났는데….

**결론** 번화가에서 선탠을 하면
경찰관에게 제지를 당한다.

# item 9

## '위조지폐' 라는 도장이 찍힌 진짜 돈으로 물건을 살 수 있을까?

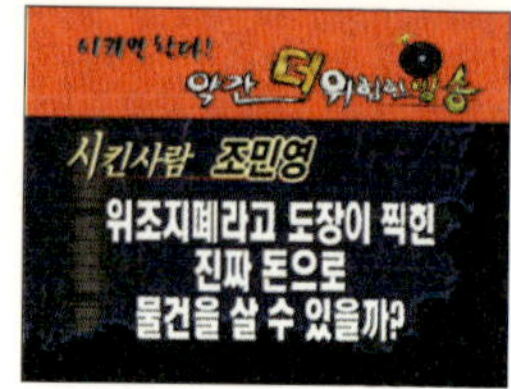


시킨 사람 : 조민영

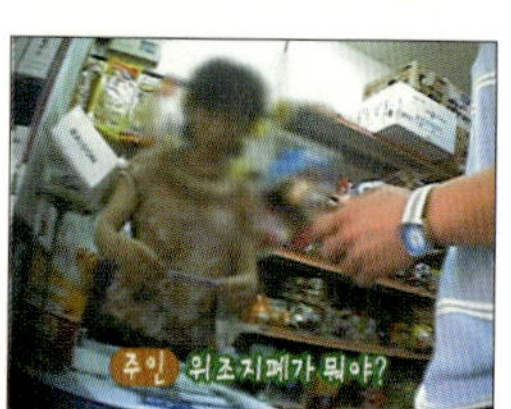

■ **시킨 일** : 진짜 돈에다 '위조지폐' 라는 도장을 찍은 후 물건을 살 수 있을까?

동네 구멍가게를 찾아간 대신맨.

음료를 구입하고는 '위조지폐' 라는 도장이 찍힌 돈을 내밀었다.

과연 아주머니의 반응은?

주인 아주머니 : 위조지폐가 뭐야?

어이없는지 한참을 웃는다.

주인 아주머니 : 수표가 아니니까 상관없어, 위조지폐라도….

대신맨 : 위조지폐라도 괜찮습니까?

주인 아주머니 : 이게 위조지폐 같으면 내가 못 받지.

천 원짜리는 위조지폐라도 상관없다는 말씀?

이번에는 도너츠 가게에 들어갔다.

점원 : 위조지폐라고 찍힌 게 뭐예요?

대신맨 : 저희가 장난하면서 만든 건데….

점원 : 다른 돈 없어요? 의심스럽네.

점원, 신고해야 하나 안 해도 되나 고민되는 듯.

뭔가 떨떠름한 점원, 진짜 만 원권인지 확인해 보고는 조금 의심스럽지만 어쨌든 받는다.

이번에는 B마트를 찾아갔다.

대신맨 : 여기 위조지폐라고 찍혀 있는데 상관없는 거예요.
점원 : 천 원짜린데요, 뭘….
대신맨 : 천 원짜리라 괜찮은 거예요? 위조지폐라도?
점원 : 네. 상관없어요.

역시 천 원짜리라 상관없단다.

 **결론** 위조지폐라고 도장 찍힌 진짜 지폐도 쓸 수는 있지만 잘못하면 처벌을 받을 수 있다.

# 금연인 공공장소에서 금연 초를 피우면 어떻게 될까?

시킨 사람 : 담배빵

■ **시킨 일 :** 금연구역인 공공장소에서 담배가 아니라 금연초를 피우면 어떻게 될까?

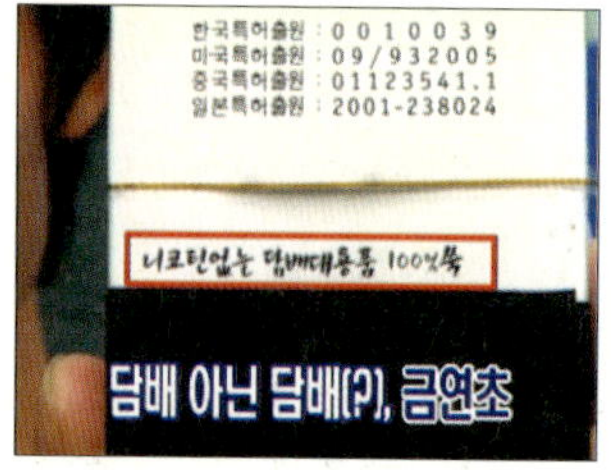

니코틴 없는 담배 대용품.

100% 쑥으로 만들어진 금연초.

이 담배 아닌 담배를 들고 서울역에 들어간 대신맨.

태연하게 금연초를 피워 무는데…:

여유만만, 안내 데스크에 슬쩍 가보았다.

직원 : 밖에 나가서 피우세요. 여기서 담배는 안 돼요.

대신맨 : 담배가 아니라 금연초인데요?

직원 : 일단은 끄셔야 해요.

대신맨 : 지금 꺼야 해요? 방금 불붙인 건데….

　　옆에 있던 아저씨도 합세해서 금연초를 끄라고 주의를 준다.

　　안 끄면 보고하겠다고 말하는 직원.

　　대신맨은 못 들은 척 다른 곳에서 계속 금연초를 피운다.

　　잠시 후, 경비원이 나타났다.

경비원 : 담배 좀 꺼주십시오.

대신맨 : 담배 아니에요. 이거 금연초인데요?

경비원 : 금연초라도 연기가 나잖아요.

대신맨 : 금연초인데 왜 안 돼요? 이게 사람한테 별로 해가 안 돼요.

경비원 : 본인은 그렇게 생각하나 본데, 경범죄 처벌법 1조 54항에 보면 흡연을 금한다고 되어 있어요. 담배를 피우는 게 문제가 아니라 흡연이 안 되는 거죠. 이것도 흡연이잖아요.

대신맨 : 금연초를 피워도 안 되는 거군요.

 **결론**　금연인 공공장소에서는 금연초도 피울 수 없다.

# item 11

## 헬멧 대신 냄비를 쓰고 오토바이를 타면 단속에 걸릴까?

시킨 사람 : helmet369

■ **시킨 일** : 헬멧 대신 냄비를 쓰고 오토바이를 타다 교통경찰에 걸리면 어떻게 되는지 실험해 주세요.

헬멧 대신 냄비를 쓴 대신맨.
잘 달린다.

**대신맨** : 냄비가 뒤로 벗겨질 것 같아요.

도로에서 다른 오토바이와 만났다.
나란히 달리는 두 오토바이.
사람들이 신기한 듯 시선을 집중한다.
시선을 의식한 대신맨, 나름대로 헬멧의 끈을 매만지기도 하고….

**시민** : 아니, 웬 냄비를 쓰고 나왔어?

이때, 경찰 발견!

경찰 옆을 유유히 지나가는 대신맨.

마침 바람이 불어 냄비가 벗겨지고 드디어 단속에 걸렸다.

경찰관 : 헬멧을 안 쓰고 그게 뭡니까?

대신맨 : 헬멧이 없어져서 대신 냄비라도 쓰고 나왔는데요.

경찰관 : 냄비는 안 됩니다. 단속해야 해요.

대신맨 : 급해서 어쩔 수 없었어요.

경찰관 : 나참, 이건 안전에 아무런 도움이 안 돼요.

대신맨 : 단속에 걸리는 거예요?

경찰관 : 그럼, 단속되는 거지. 하지만 이번은 우리가 안 잡을 테니까 다음부터는 꼭 헬멧 써요.

대신맨 : 한 번 봐주시는 거예요?

경찰관 : 네. (혼잣말로) 냄비 뒤집어쓰고 다니는 사람 처음 봐.

**결론** 

**헬멧 대신 냄비를 쓰고 오토바이를 타면 단속에 걸린다.**

# 정장 차림으로 구걸을 하면 돈을 주는 사람이 있을까?

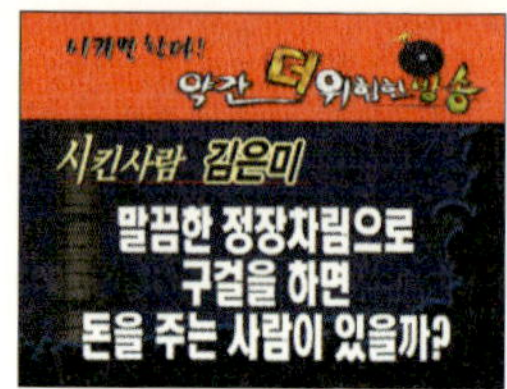


시킨 사람 : 김은미

■ **시킨 일** : 말끔한 정장 차림을 하고 구걸을 하면 돈을 주는 사람이 있는지 실험해 주세요.

정장 차림의 대신맨.
멋지기도 하다.
그러나 자리를 잡자마자 본능적으로 구걸을 하는데….

아주머니 : 왜 그러고 있어?

대신맨 : 제가 열심히 살아보려고요. 자본을 모아서…. 도와주시면 안 돼요?

열심히 살려는 청년?
급기야 드러눕기까지 하는데…

사람들은 바라만 볼 뿐 돈을 주지는 않는다.

장소 변경!

대신맨 : 조금만 도와주고 가세요.

날씨는 점점 쌀쌀해지는데 인심도 야박하다.

바람이 너무 많이 불어 또다시 이동하는 대신맨.

같은 처지의 노숙자 앞에 자리를 잡았다.
왠지 둘 다 처량해 보이고….

대신맨 : 100원짜리 하나만 도와주세요.

외면하고, 또 외면하고, 조금 더 불쌍해 보이는 노
숙자에게는 적선….

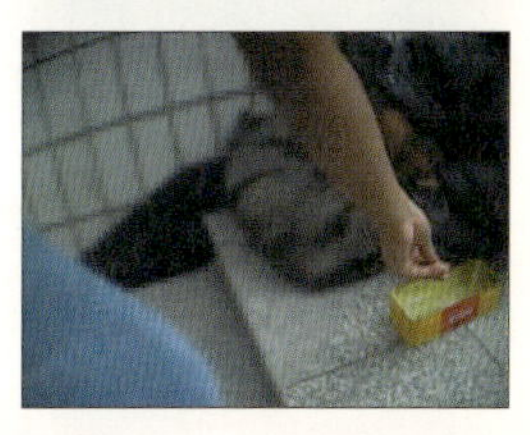

 **결론** **정장 차림으로 구걸을 하면
돈을 주는 사람이 없다.**

# item 13

## 공영 주차장에 주차 라인을 그려 놓고 주차를 하면 어떻게 될까?

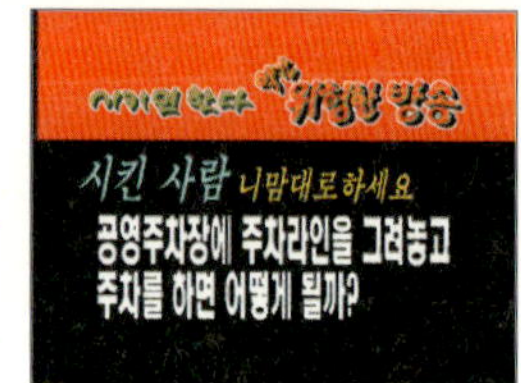


시킨 사람 : 니맘대로하세요

■ **시킨 일** : 공영 주차장에 주차 라인을 그려놓고 주차를 하면 어떻게 되는지 실험해 주세요.

OO 공영 주차장.

주차할 차량을 몰고 등장한 대신맨.

실험을 하기 위해 주차 라인을 만들었다.

아무것도 모르고 있는 주차 관리원.

몰래 그려 놓은 주차 라인에 차를 대자 곧바로 다가온다.

관리원 : 10분마다 천 원입니다.

주차 라인 그린 것을 아직 모르는 눈치다.

대신맨 : 주차 라인 바깥에다 주차한 건데요?
관리원 : 이게 다 주차 라인이잖아요.
대신맨 : 아뇨, 이 라인은 제가 만든 건데요.

황당해하는 주차 관리원.

관리원 : 라인을 만들면 안 돼죠. 이렇게 하면 걸려요.

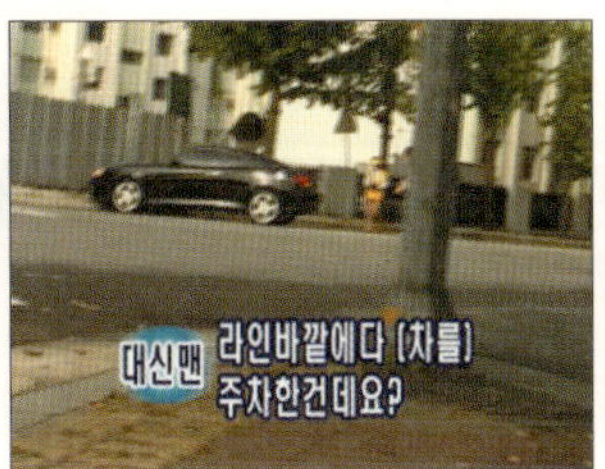

대신맨 : 안 되는 거예요?

관리원 : 주차 라인을 만든다는 것 자체를 우리가 용서를 못해요. 길거리에다가 내 개인 주차장을 만들 수는 없잖아요. 불법이에요.

대신맨 : 그래요?

관리원 : 이건 정말 있을 수 없는 일이야. 구청을 뭘로 보고 하는 행위야?

대신맨 : 아니, 저는 그냥… 바쁘신 것 같아서 라인 그리고 주차한 건데….

관리원 : 어이구, 잘났어~.

대신맨 : 여태껏 아무도 이런 사람이 없었던 거죠?

관리원 : 없었지. 누가 이렇게 머리를 쓰냐? 얼른 뜯어요.

대신맨 : 주차 라인 뜯으라고요?

관리원 : 당연하지. 이건 정말 안 돼. 이렇게 하면 사람들이 다 그렇게 하지.

결국 주차 라인 철거.

 **결론** 공영 주차장에 주차 라인을 그려놓은 후 주차하는 것은 불법이란다.

# item 14

## 모르는 여자에게 휴대전화를 주고 도망간 후 전화를 걸면 어떻게 될까?

시킨 사람 : hiphop

■ **시킨 일 :** 모르는 여자에게 휴대전화를 던져 주고 도망간 후 전화를 걸면 어떻게 되는지 실험해 주세요.

사람들로 넘쳐나는 명동 거리.

우리의 대신맨이 떴다.

자신의 휴대전화를 줄 여자를 탐색하는 중….

드디어 작업 대상(?) 발견.

무작정 휴대전화를 건네고 쏜살같이 달아나는 대신맨.

　당황하는 여자. 여자에게 맡긴 휴대전화에 통화를 시도하는 대신맨.

대신맨 : 휴대전화를 받으신 분이죠?

여자 : 네.

대신맨 : 그 쪽이 너무 마음에 들어서….

여자 : (웃으며) 네.

대신맨 : 제가 너무 쑥스러워서 말을 걸 수 없었거든요. 언제쯤 다시 만날 수 있을까요?

여자 : 네. 그런데 이 휴대전화를 다시 받으셔야 하지 않나요?

휴대전화를 받기 위해 다시 만난 두 사람.
결국 여자의 전화번호 따기 성공!

또 다른 여자 앞에서 서성대는 대신맨.
이번에도 무작정 휴대전화를 건네고 도망간 후 통화 시도.
헉, 전화를 안 받는다.
그 자리엔 휴대전화만 덩그러니 놓여 있다.
실패.

휴대전화로 작업(?) 걸기 3차 시도.
역시 휴대전화를 건네주고 도망가는 대신맨.
과연 이번에는 어떤 반응을 보일까?

**대신맨** : 제가 지나가다가 그 쪽이 너무 마음에 들어서 휴대전화를 드렸거든요. 실례가 된 건 아니죠?
**여자** : 아, 근데 당황스러워요.

같은 수법으로 만날 약속을 잡고
역시 상대방의 전화번호를 알아낸 대신맨.

 **결론**   길 가다가 마음에 드는 여자를 발견했을 때는 휴대전화를 준 후 도망가라. 운 좋으면 전화번호를 딸 수도 있다.

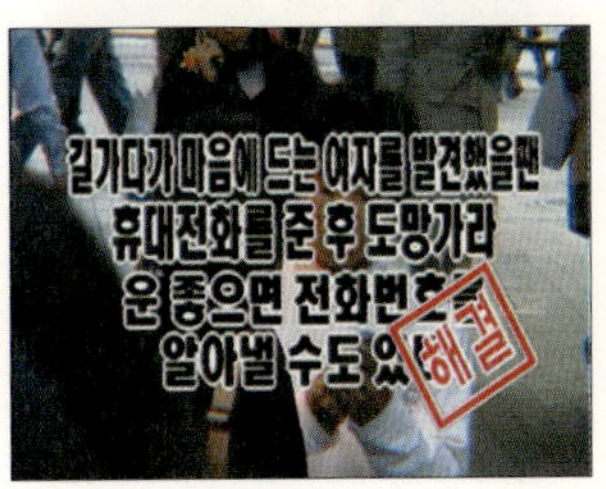

# 불량한 자세로 운전하면 경찰한테 걸릴까?

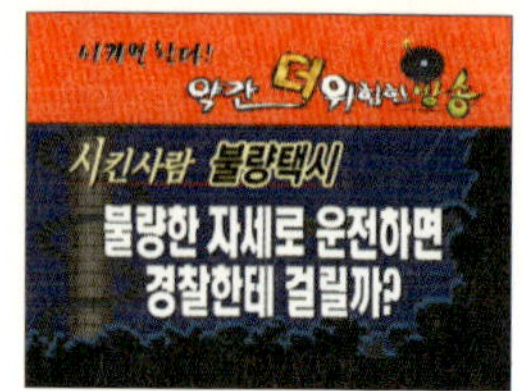

시킨 사람 : 불량택시

■ **시킨 일 :** 불량한 자세를 운전을 하다가 경찰한테 걸리면 단속이 되나요?

오늘의 미션, 불량 운전자 도전!
파이팅!
불량운전 START!

일단 창문 밖으로 발 내놓는 불량 자세에 도전한다.
불량 자세치고는 너무 추워 보인다.

옆 차로에서 주행 중인 다른 차량 운전자들이 신기한 듯 바라본다.
30분째 운전 중.
'경찰한테 보여주기 전에 발 먼저 얼어 붙겠다.'

▶▶ 경찰을 찾아 이동 중인 대신맨.

드디어 경찰 발견!

▶▶ 경찰차에 접근 중.

**경찰관 :** 아니, 지금 뭐하시는 겁니까?

대신맨 : 제가 발을 좀 다쳤어요.

경찰관 : 운전을 그렇게 하면 어떻게 해요?

대신맨 : 제가 발을 다쳐서 그러는데 안 됩니까?

그냥 가버리는 경찰차.

직접 경찰서로 문의했다.

다리가 아프면 운전하지 말란다.

운전자의 불량 자세는 도로교통법상 경범죄에 해당한다는 것이 경찰의
설명.

**해결**

불량한 자세로 운전하는 것은 경범죄
에 해당한다.

# item 16

## 어제 마셨던 음료수 컵으로 리필이 가능할까?

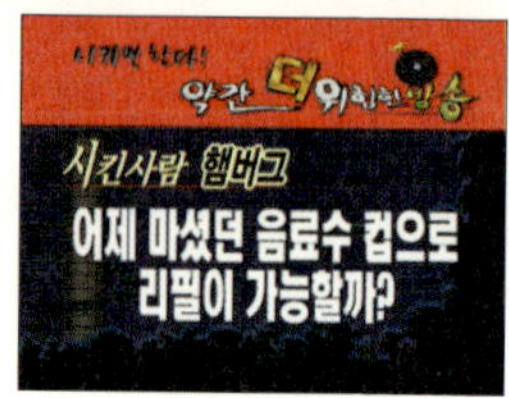


시킨 사람 : 햄버그

■ 시킨 일 : 패스트푸드 가게에서는 음료수를 리필해 주는 경우가 많다. 그런데 어제 마셨던 컵에도 리필을 해줄까?

L 패스트푸드점을 찾은 대신맨.
무작정 빈 컵을 내민다.

점원 : 리필 안 돼요. 오늘 산 것만 가능해요.
대신맨 : 포장 판매한 것은 리필이 안 되나요?
점원 : 리필해드리긴 하는데 오늘 손님이 아니면 안 돼요.
대신맨 : 오늘 산 거면 몇 시간 후에 와도 계속 리필이 되구요?
점원 : 계속은 아니구요. 원래는 한 번인데, 두세 번까진 그냥 해드려요.

다시 M 패스트푸드점을 찾은 대신맨.
컵을 내밀고 리필을 요청한다.
흔쾌히 OK, 얼음까지 넣어주는 센스.

대신맨 : 어제 사먹은 건데도 리필이 가능한 건가요?
점원 : 한 번만 가능해요.

이번에는 다시 K 패스트푸드점을 찾은 대신맨.
주섬주섬 쓰레기통을 뒤져서 빈 컵을 골라낸다.

쓰레기통에서 꺼낸 음료수 컵에도 리필이 가능할까?
바로 리필해 주는 점원.

대신맨 : 제가 항상 쓰레기통에 컵을 놔두고 가거든요. 계속 리필해
서 먹을 수 있어요?
점원 : 한 번은 해드립니다.
대신맨 : 감사합니다.

 **결론** 컵만 있다면 패스트푸드점에서
음료수 리필이 가능하다.

# item 17

## 술을 마시고 대리운전 기사한테 자동차 게임을 대신 해달라고 하면 해줄까?

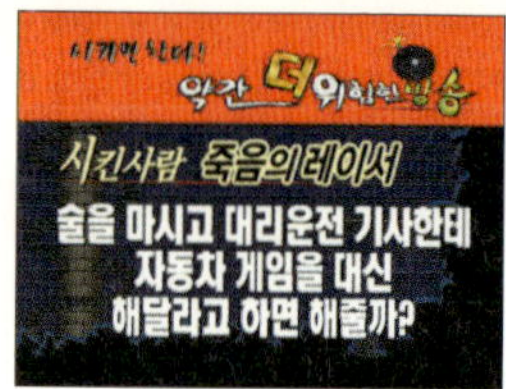


시킨 사람 : 죽음의레이서

■ **시킨 일 :** 술을 마시고 대리운전 기사를 불러서 자동차 게임을 대신 해달라고 하면 어떤 반응을 보이는지 실험해 주세요.

술에 취해 정신없는 대신맨.

대리운전 기사를 부르고, 기다리는 동안 한 게임.

생각보다 잘 하는우리들의 대신맨.

이때, 대리운전 기사 등장.

대신맨 : 끝까지 못 갈 것 같아서요. 아저씨가 한번 해주세요. Finish 라인까지 가면 1만 원 드릴게요.

황당한 표정의 대리운전 기사. 그러나 곧 게임기 앞에 앉는다.

대신맨 : 경력이 얼마나 돼요?

대리운전 기사 : 처음인데요.

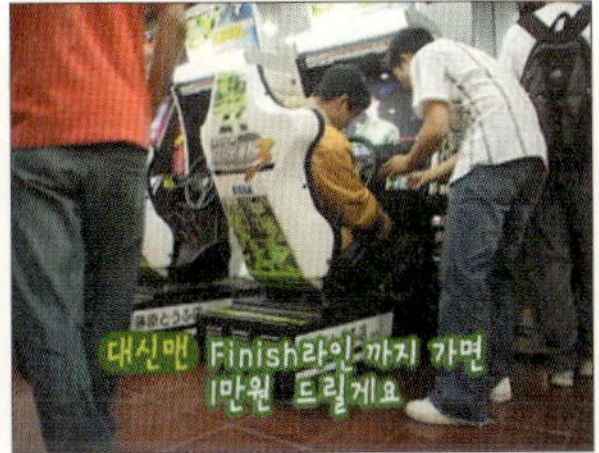

대신맨 : 잘 하시는데요.

정말 처음치고는 굉장한 실력을 보여주고 있다.

대신맨 : 안전하게, 안전하게….

완주 성공!

대신맨 : 운전해 주셔서 감사합니다.

**결론**  대리운전 기사는 자동차 게임도
대리로 해준다.

# 

## 식당에서 메뉴판에 있는 음식을 전부 다 시키면 어떻게 될까?

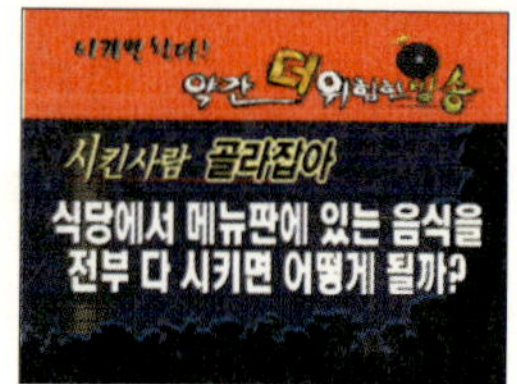


시킨 사람 : 골라잡아

■ **시킨 일 :** 식당에 가면 수십 가지나 되는 메뉴가 있다. 그걸 다 시키면 어떻게 될까?

실험을 위해 음식점으로 향하는 제작진.
한눈에 봐도 메뉴판을 가득 채운 메뉴들.
점원을 불러 진지하게 메뉴를 읊기 시작하다가…

**대신맨 :** 여기 있는 메뉴 다 주세요.

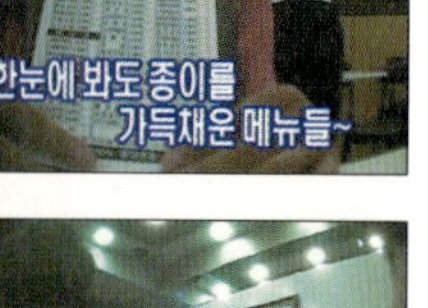


헉, 당황하는 기색이 역력한 여직원.
주문을 확인한 주방장의 반응은?

**주방장 :** 어떤 생각으로 주문하셨는지 모르겠는데, 내가 볼 때는 이건 아니에요. 왜 그러는지 모르겠지만 이 중에 두 가지만 드세요.

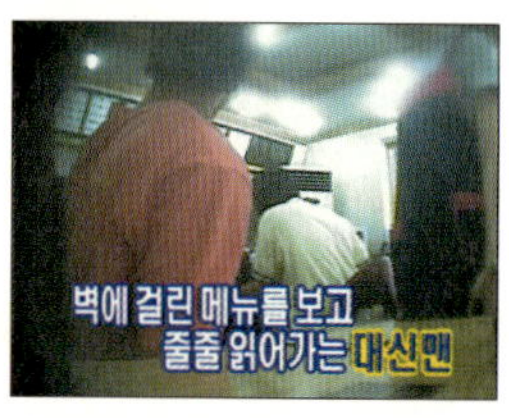


아무래도 장난이라고 오해를 하신 듯하다.
다른 음식점으로 향하는 대신맨.
들어서자마자 메뉴판부터 찾고는 종업원을 향해 메뉴를 줄줄 읽어 내려가기 시작했다.

외울 수 없다고 판단한 종업원, 아예 메모지를 가져왔다.

종업원 : 여기 있는 것 다 드려요?

대신맨 : 네.

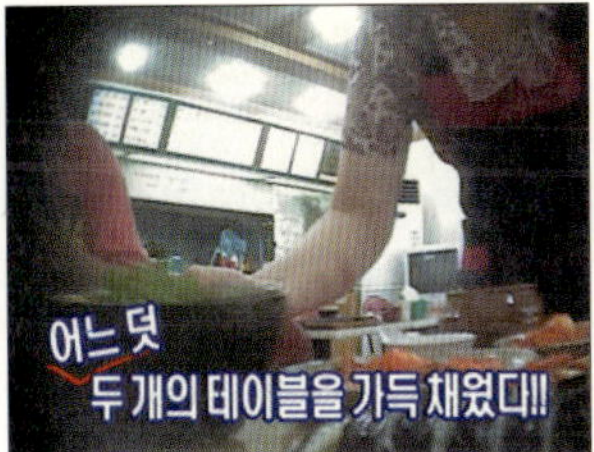

설마 장난은 아니겠지?

점원들 사이에 잠시 술렁임이 있고 난 후 메뉴가 나오기 시작했다.

식탁 위에는 음식들이 산처럼 쌓여가고, 어느덧 두 개의 테이블을 가득 채웠다.

식도락에 빠져 무아지경이 된 대신맨.

음식을 배부르게 먹고 난 뒤 마침내 계산대 앞에 섰다.

일 년에 한 번 정도는, 세상에 이런 사람도 있단다!

 **결론** 식당에서 메뉴판에 있는 음식을 전부 시킬 수는 있지만 돈이 많이 든다.

# 큰 가방을 갖고 버스를 탄 후 가방 안에서 사람이 나오면 요금을 더 내야 할까?

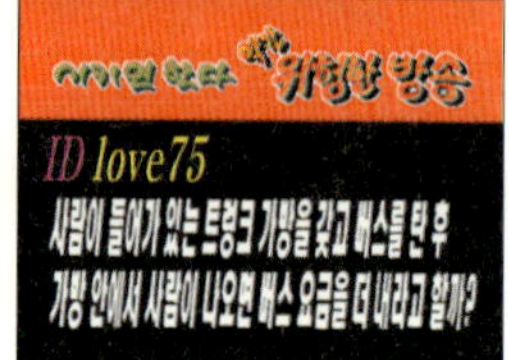


시킨 사람 : love75

■ **시킨 일 :** 사람이 들어가 있는 트렁크 가방을 갖고 버스를 탄 후 가방 안에서 사람이 나오면 버스 요금을 더 내라고 할까?

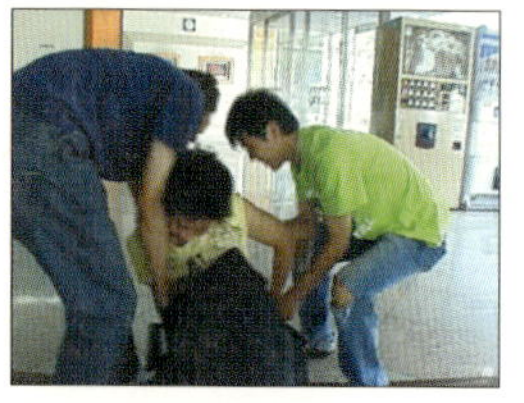

가방 속으로 들어가는 대신맨.

쉽지 않은 듯 겨우 겨우 어렵게 들어가고….

정류장에 도착해 두 사람이 가방을 들고 버스에 올랐다.

요금은 두 사람 몫만 계산.

잠시 후, 가방 속에서 나오는 대신맨.

나오는 것도 쉬운 건 아니네.

그러나 아무런 반응을 보이지 않는 운전기사.

대신맨이 곧 내릴 준비를 해도 운전기사는 아무 말이 없다.

공짜 버스 타기 성공!

다시 한 번 시도해 보았다.

역시 두 명의 요금만 계산을 하고 버스에 오른 후 다시 가방 속에서 나오는 대신맨.

이번 운전기사 역시 별 반응을 보이지 않는다.
한 자리 차지하고 있는 대신맨.
그러나 운전기사는 여전히 반응이 없다.
이번에도 공짜 버스 타기 성공!

 **결론** 이번 실험에서는 추가로 버스 요금을 내지는 않았다. 하지만 원래는 내야 한단다.

## 어른이 오줌 쌌다고 키 쓰고
## 소금 받으러 다니면
## 과연 소금을 줄까?

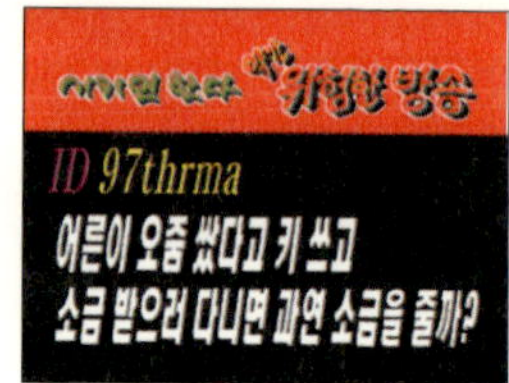


시킨 사람 : 97thrma

■ **시킨 일** : 어렸을 때 자다가 오줌을 싸면 키를 쓰고 소금을 얻으러 다녔다. 그런데 만약 어른이 그렇게 하면 과연 소금을 줄까?

대신맨 준비 완료.
머리에 키를 쓰고 식당을 찾아 나섰다.

대신맨 : 제가 어제 저녁에 오줌을 좀 싸서요.
소금 좀….
아줌마 : 하하하….

주방에서 소금을 받는 대신맨.

대신맨 : 감사합니다.

소금 받는 데 성공!

또 다른 식당.

대신맨 : 소금 좀 얻을 수 있을까요?
아줌마 : 왜? 오줌 쌌어?
대신맨 : 네. 제가 오줌을 좀 쌌거든요.
아줌마 : 소금은 주는 게 아니라 뿌려야 돼. 다

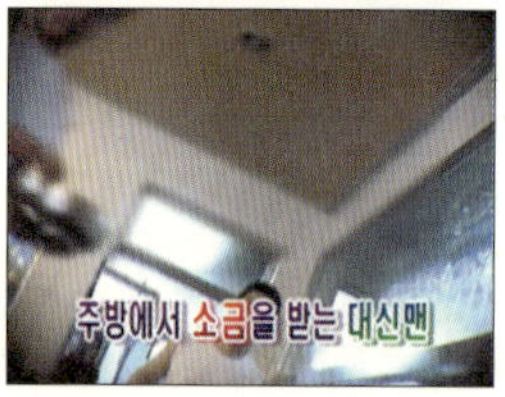

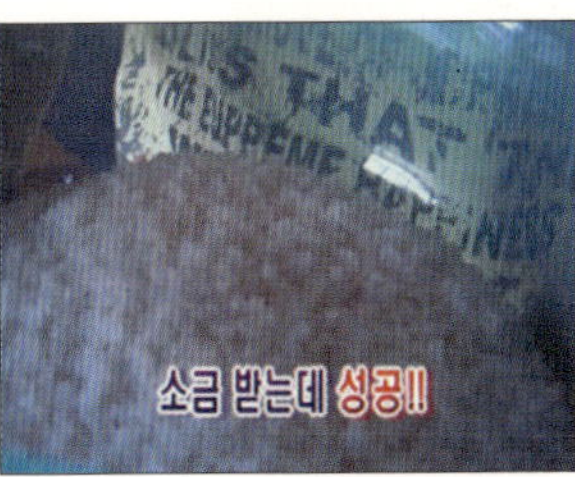

큰 총각이….

역시 소금을 얻어온 대신맨.
또 다른 식당을 찾아 들어갔다.

대신맨 : 제가 오줌을 싸가지고요.
아줌마 : 왜 쌌어?
대신맨 : 저도 모르게 쌌더라고요.
아줌마 : 소금은 주는 게 아니야. 뿌리는 거야.

소금을 대신맨에게 뿌리며 혼을 내는 아줌마.

대신맨 : 감사합니다. 앞으로는 안 싸겠습니다.

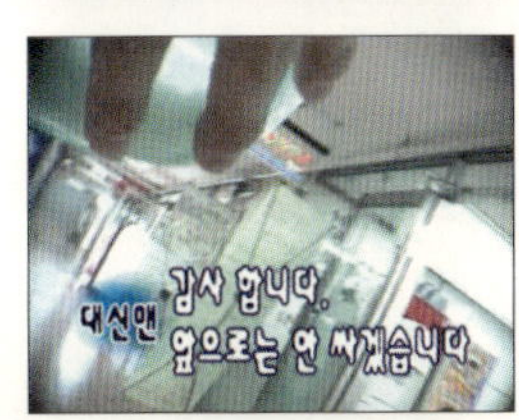

 **결론** **어른도 키 쓰고 소금 받으러 다니면
소금을 준다.**

# 고급 중화요리 집에서 자장면만 시킨 후 다른 중화요리 집에서 비싼 요리를 배달시켜 먹을 수 있을까?

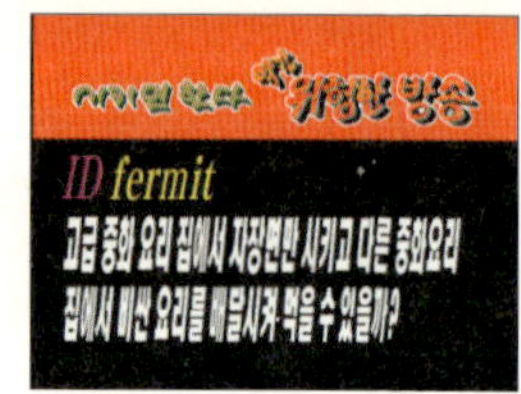


시킨 사람 : fermit

■ 시킨 일 : 고급 중화 요리 집에서 자장면만 시킨 후 다른 중화요리 집에서 비싼 요리를 배달시켜 먹을 수 있는지 실험해 주세요.

고급 중화요리 집을 찾아 나선 대신맨.
레스토랑 분위기의 중화요리 집을 발견하고 안으로 들어갔다.

대신맨 : 자장면 하나요.

그리고는 곧바로 다른 중화요리 집에 전화를 걸었다.

대신맨 : 배달되죠? 탕수육 하나만 부탁합니다.

곧 나온 자장면을 맛있게 먹는 대신맨.
그런데 얼마 후, 철가방을 들고 등장한 아저씨.
당황하는 종업원들.

종업원 : 이게 뭐예요?

대신맨 : 제가 배달시켰는데요.

종업원 : 외부 음식은 반입이 안 되는데요.

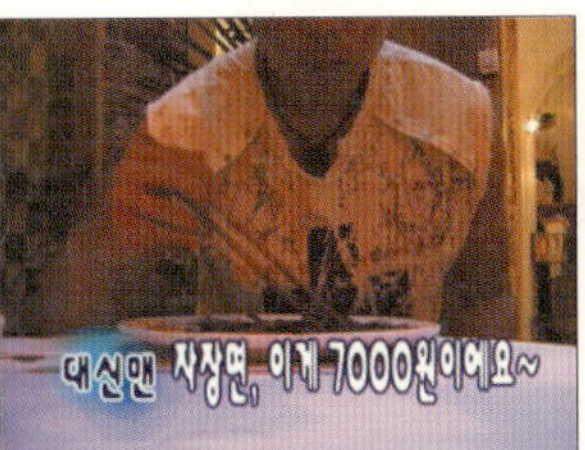

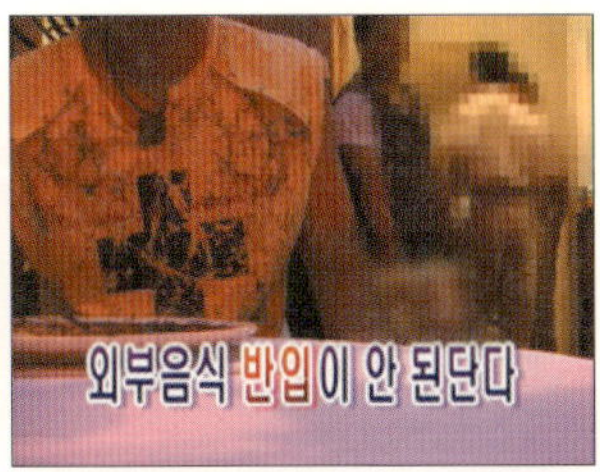

대신맨 : 아, 그래요? 그럼 여기에 놓아 주세요. 갖고 나갈게요.

철가방에서 꺼내 놓은 탕수육을 물끄러미 바라보는 대신맨.

조PD : 다른 음식점도 외부 음식은 반입이 안 되나?
주인 : 그것은 규칙이라기보다는 손님으로서의 예의라고 생각하거
든요.

배달시킨 탕수육을 갖고 나온 대신맨.

대신맨 : 결국 안에서 못 먹었습니다.

**결론** 음식점에서 외부 음식은 배달시켜 먹
을 수 없단다.
그것이 상호간의 예의다.

# item 22

## 고급 호텔 라운지에서 커피를 마시고 무작정 깎아달라고 하면 어떻게 될까?

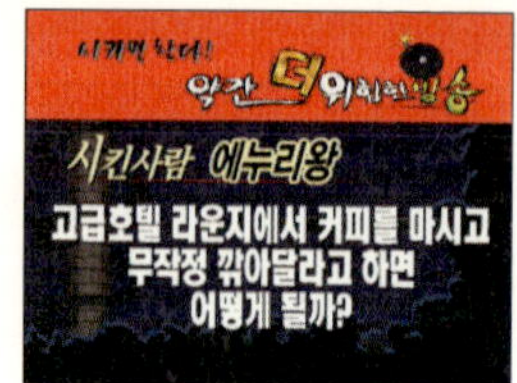

시킨 사람 : 에누리왕

■ **시킨 일 :** 고급 호텔 라운지에서 커피를 마시고 무작정 값을 깎는 실험을 해주세요.

대신맨이 오늘은 고급 호텔을 방문했다.
라운지에 앉아 커피도 한 잔 주문.
곧 커피가 나왔으나 입에 맞지 않는 듯 종업원을 부른다.

대신맨 : 커피 가격 얼마예요?
종업원 : 1만 890원요.
대신맨 : 뭐가 이렇게 비싸요? 깎아 주세요.

어이없어 하는 종업원.

종업원 : 커피 리필해 드릴게요.
대신맨 : 리필이 아니라 조금만 깎아 주세요.
종업원 : 깎는 거는 안 됩니다.
대신맨 : 그럼 몇 번까지 리필이 되는데요?
종업원 : 손님이 원하시는 대로요.
대신맨 : 10번이고 20번이고?
종업원 : 네.
대신맨 : 2000원만 깎아 주시면 안 돼요?

종업원 : 케이크 한 조각 더 드릴게요.
대신맨 : 케이크 안 받고 깎으면 안 돼요?

결국 케이크로 배를 채운 대신맨.
그러나 여기에서 포기할 수는 없다.
마지막으로 카운터에서 도전.

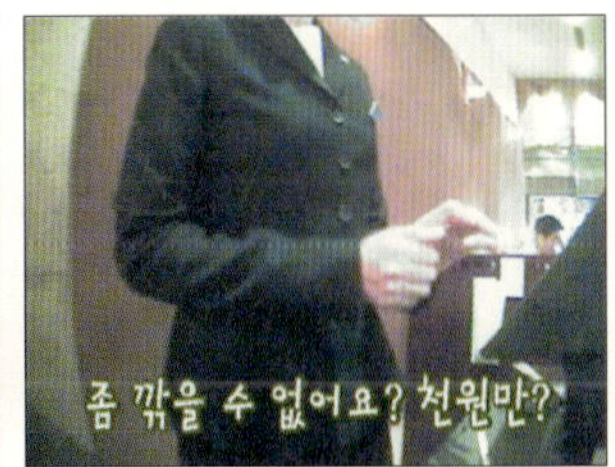


대신맨 : 좀 깎을 수 없어요? 천원만?
카운터 : 깎는 게 어디 있어요? 호텔에서….

 **결론** 고급 호텔 라운지에서는 커피 값을 깎을 수 없다.

# 완구용 자동차를 주차장에 넣으면 주차 요금을 내야 할까?

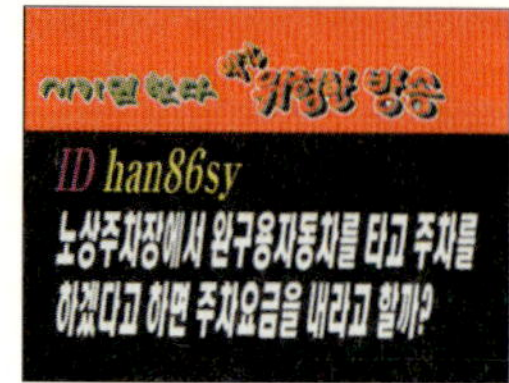


시킨 사람 : han86sy

■ 시킨 일 : 어린이들이 타는 완구용 자동차를 노상 주차장에 주차시키면 주차 요금을 내라고 할까?

어디선가 나타난 우리의 대신맨.

완구용 자동차를 타고 출발!

어느덧 노상 주차장에 도착한 뒤 여유 있게 핸들 조작도 하고 고급 승용차 옆에 나란히 주차시켰다.

이때 다가오는 주차 요원.

대신맨 : 아줌마, 여기 주차해도 되는 거죠?

주차 요원 : 그렇기는 한데 돈을 내야 하잖아요.

대신맨 : 이런 완구용 자동차인데도 돈을 내요?

주차 요원 : 그럼요. 누가 가져가면 어떻게 해요?

대신맨 : 아, 제 차인데 누가 집어가겠습니까? 그럼 10분에 얼만데요?

주차 요원 : 10분에 1000원입니다.

대신맨 : 그럼 반값에 해 주어야죠.

주차 요원 : 차 번호는 있는 거예요?

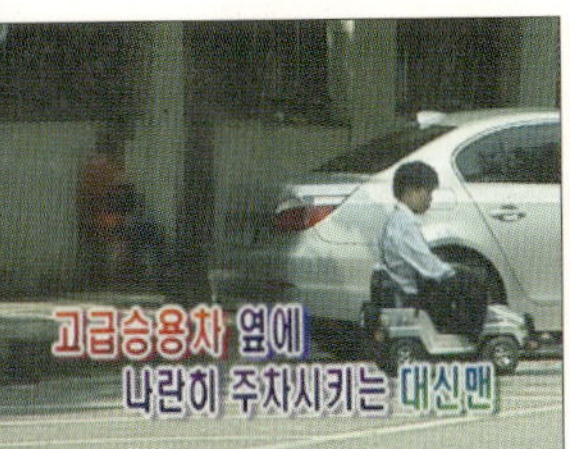

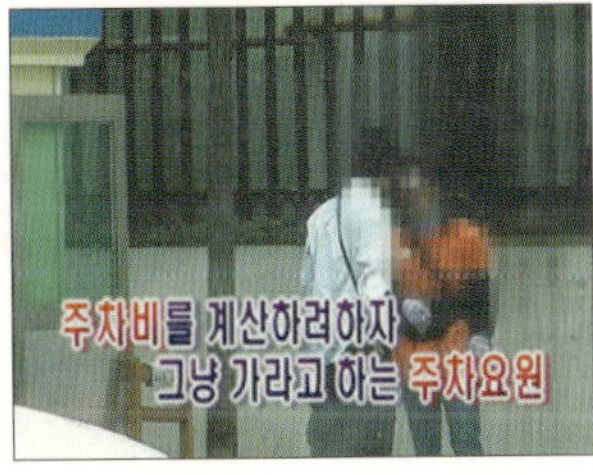

대신맨 : 제가 쓰면 있는 거죠.

주차 요원 : 너무 귀엽네.

주차 요원의 안내에 따라 완구용 자동차를 이동시키는데, 그 모습을 보고 어이없어 하는 사람들.

주차를 해놓고 어디론가 떠나는 대신맨.

잠시 후, 완구용 자동차를 찾으러 온 대신맨.

주차비를 계산하려 하자 그냥 가라고 하는 주차 요원.

뒤에서 밀어주기까지 했다.

 **결론** 완구용 자동차는 노상 주차장에 주차해도 주차 요금을 받지 않는다.

# 만 원을 주웠다며 파출소에 가져가면 주인을 찾아 줄까?

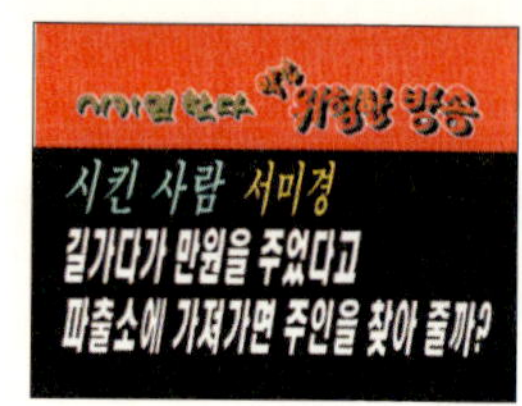


시킨 사람 : 서미경

■ **시킨 일** : 길을 가다가 만원을 주웠다면서 파출소에 가져가면 과연 주인을 찾아 줄까?

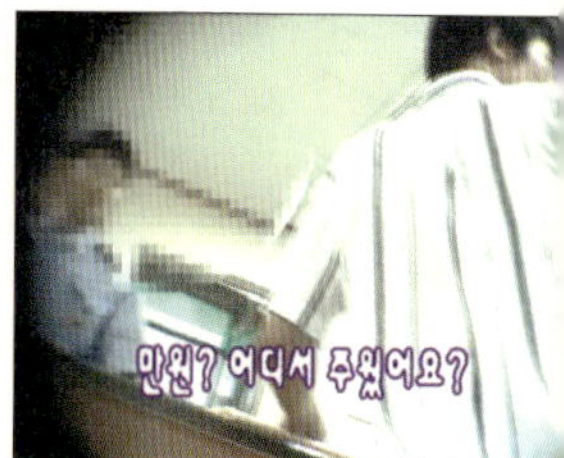


대신맨, 오늘은 파출소로 출동.
조심스럽게 파출소로 들어가서는 돈을 주웠다고 말한다.

경찰관 1 : 만 원? 어디서 주웠어요?
대신맨 : 저기 앞에서요.
경찰관 2 : 이야, 진짜?

감탄하는 경찰들.
대신맨에게 슬쩍 다시 돈을 건네준다.

경찰관 1 : 원래는 법적으로 우리가 보관해야 하는데, 소액의 현금
은 도저히 찾아 줄 수가 없어요. 나중에 돈을 잃어버렸다고 찾아

오는 사람이 있으면 내가 내 돈 줄게요.

경찰관 2 : 진짜 마음이 고와요. 아, 진짜 잘한 거예요.

경찰관 3 : 오늘 일 잘 풀리겠는데…. 자네가 처음 온 거거든. 좋은 일로 왔으니까 오늘 편하게 지나가겠네.

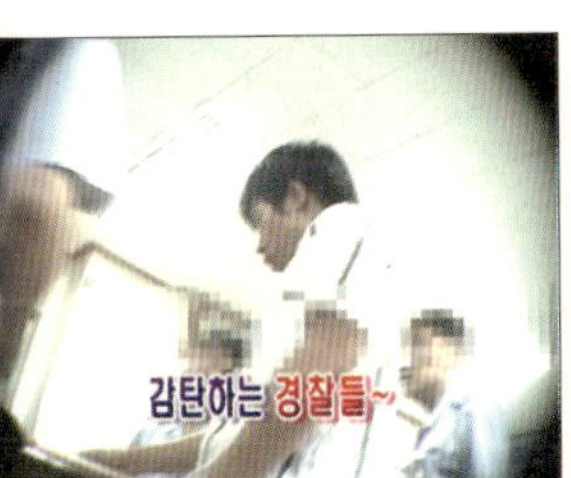


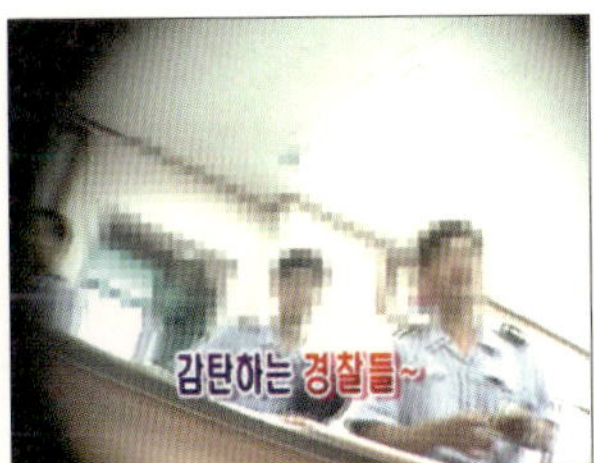

 **결론** 소액의 현금은 파출소에 가져가도 주인을 찾기 힘들단다.

# 시내에서 '애인 구함' 이라는 팻말을 들고 있으면 전화가 올까?

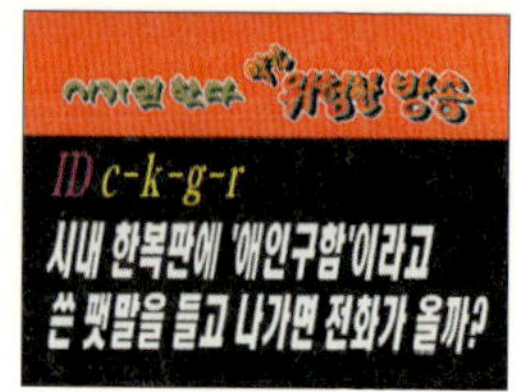


시킨 사람 : c-k-g-r

■ **시킨 일 :** 시내 한복판에 나가서 '애인 구함' 이라고 써 있는 팻말을 들고 있으면 전화가 오는지 실험해 주세요.

팻말을 열심히 만들고 있는 대신맨.
드디어 팻말을 완성하고 사람들이 북적거리는 명동 거리로 나섰다.
사람들이 신기한 듯 바라보고, 외국인 관광객들과 사진도 찍었다.

지나가는 여자들에게 작업 중인 대신맨.

대신맨 : 전화해, 전화!

과연 전화가 올 것인가?

대신맨 : 오, 왔어요, 왔어! 여보세요?
여자 : 네.
대신맨 : 누구세요?

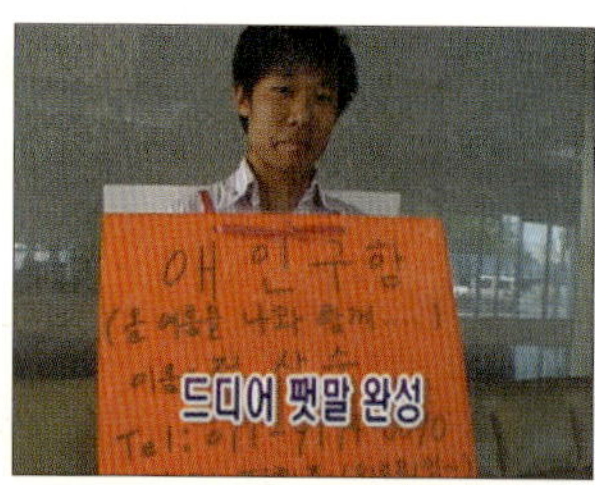

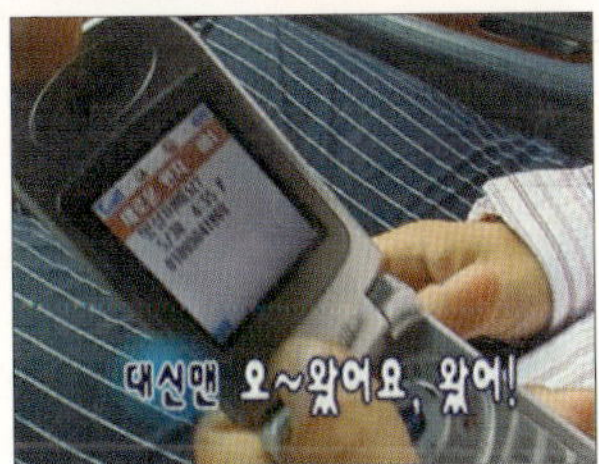


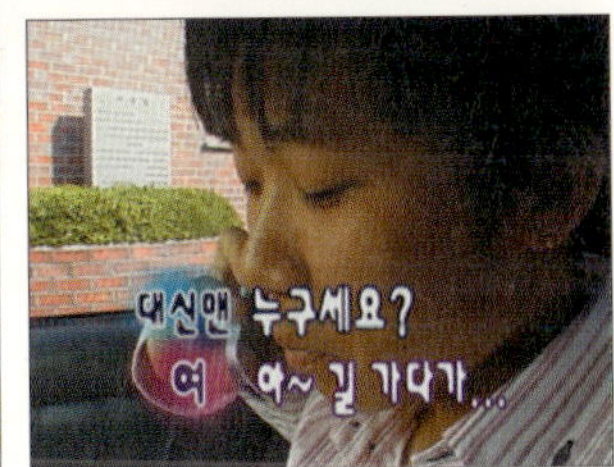


여자 : 아, 길 가다가…

대신맨 : 아하, 길을 가다가 봐서 전화를 주셨군요?

여자 : 네, 뭐하는 분이세요?

대신맨 : 저요? 학생이죠.

주저리주저리 신나게 대화를 했다.

 **결론** '애인 구함'이라고 쓴 팻말을 들고
시내에 나가면 연락이 온다.

# item 26

## 백화점 침대 코너에서 자연스럽게 신발을 벗고 올라가서 잠이 들면 어떻게 될까?

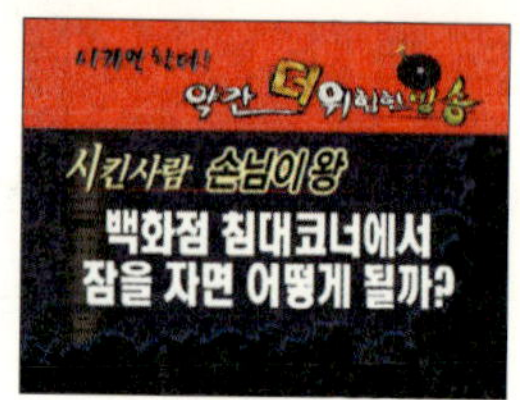


시킨 사람 : 손님이왕

■ 시킨 일 : 백화점 침대 판매 코너에 가면 정말 눕고 싶은 침대가 많다. 만약 그 침대에 신발을 벗고 올라가서 잠이 들면 어떻게 될까?

여기는 모 백화점의 침대 판매 코너.

슬슬 누울 자리를 찾는 대신맨.

주위의 시선에 아랑곳하지 않고 눕는다.

점원 1 : 뭐야, 저 사람?

신고하라고 지시한다.

얼마 후 경비원 등장!

경비원 : 손님, 일어나세요.

대신맨 : 침대가 너무 편해서 잠이 들었네.

대신맨을 무작정 끌고 가는 경비원.

어이없는 광경에 웃음만 터뜨리는 점원들.

경비원 : 여기 있다 잠들었나 봐. 하하하….

대신맨 : 화가 나셨나 봐요? 그런데 침대가 정말 좋네요. 잠이 솔솔

오는 거 보니까.

경비원 : 그런데 어떻게 백화점에서 누워서 잠을 잘 생각을 하셨어요?

대신맨 : 자려고 한 게 아니라 파는 건 줄 알고 한번 누워 봤는데 잠이 든 거예요.

정문까지 에스코트하는 경비원.
오늘따라 대신맨이 유난히 더 불쌍해 보인다.

대신맨 : 다른 데 구경 좀 하면 안 됩니까?

경비원 : 안 돼요!

대신맨 : 왜요?

경비원 : 저희는 지금 조치를 취해야 하니까 일단 내려가셔야 해요. 이런 일이 종종 있거든요.

대신맨 : 이런 일이 종종 있어요?

경비원 : 그러니까 저희가 있죠.

대신맨, 결국 백화점 안으로 다시 못 들어가고 돌아왔다.

 **결론** **백화점 침대 코너에서 잠을 자면 끌려 나간다.**

# item 27

## 금니도 금은방에 팔 수 있을까?

시킨 사람 : hongngyonju

■ 시킨 일 : 치과에서 치료하다가 금니가 빠졌는데, 금은방에 팔 수 있는지 실험해 주세요.

치과에서 빌려온 진짜 금니를 챙긴 대신맨. 금은방을 찾아 나섰다.

주머니에서 뭔가를 주섬주섬 꺼내서 금은방 주인에게 내미는데….

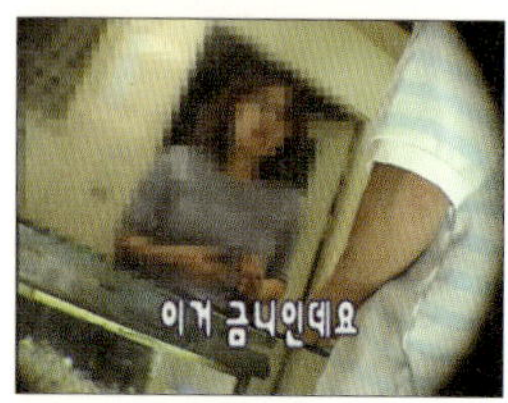


대신맨 : 이거 금닌데요.

주인 : 이거는 안 사요. 합금 방법이 달라서 이런 금은방에서 매입을 안 해요.

대신맨, 다른 금은방을 찾아 나섰다.

대신맨 : 여기 금 팔 수 있죠?

주인 : 네.

대신맨 : 이거 팔려고 하거든요.

금니를 보자 당황하는 종업원.

종업원 : 이거 안쪽은 금이 아니거든요. 금만 빼가지고 오세요. 중량을 달아 봐야 되니까요.

대신맨 : 금만 빼오면 팔 수 있어요?

종업원 : 한번 알아볼게요.

또 다른 금은방을 찾아간 대신맨.

대신맨 : 이거 금니거든요.

주인 : 금니요?

어이가 없는지 웃는 주인 아저씨.

대신맨 : 이거 필 수 있나요?

주인 : 아니, 금니가 어디서 났어요?

대신맨 : 집에 있는 거 갖고 왔는데요. 팔 수 없어요?

주인 : 그런 것은 팔아도 가격이 얼마 나오지 않아요. 하나하나 다 깨야 하는데 그걸 언제 다 깨요? 망치로 깨서 갖고 오세요.

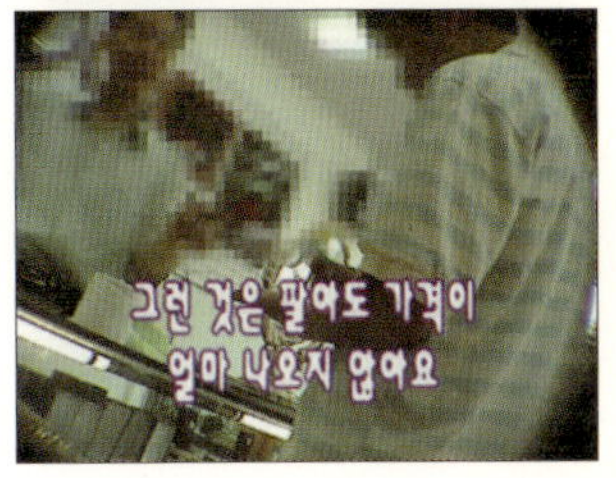

 결론 **금니도 금은방에 팔 수 있다.
하지만 성가시다.**

# 성인이 교복을 입고 나이트 클럽에 들어갈 수 있을까?

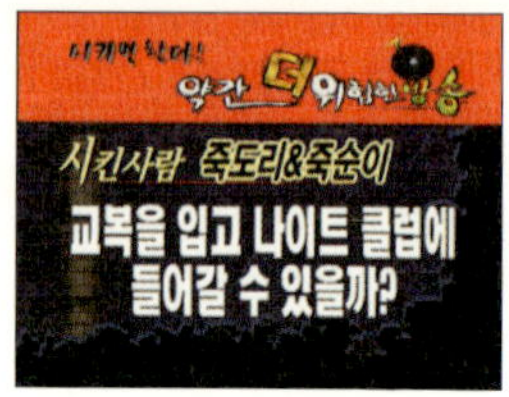


시킨 사람 : 죽도리&죽순이

■ 시킨 일 : 성인이 청소년 교복을 입고 나이트클럽에 가면 입장할 수 있을까요?

교복 패션의 선두주자, 대신걸과 대신맨이 나섰다.

대신걸, 대신맨 : 우린 정말 교복이 잘 어울려요.

교복을 입고 나이트클럽을 찾아 나선 대신맨과 대신걸.

드디어 입구까지 왔는데….

문지기 : 신분증 없으면 안 돼요. 몇 년 생이에요?

대신맨 : 81년생이오.

문지기 : 알 수가 있나… 우리가?

대신맨 : 얼굴 보면 알잖아요. 얼굴이 이렇게 늙었는데!

문지기 : 얼굴보고는 몰라요. 복장도 그렇고… 얼굴 봐서는 몰라요, 미성년자인지 아닌지!

조PD : 신분증만 있으면 들어갈 수 있어요?

문지기 : 네, 물론입니다.
대신걸 : 여기 신분증 있네!

신분증을 꼼꼼히 확인하는 문지기. 그러나 다른 친구들에게 또 의심의 눈초리를 보낸다.

문지기 : 다들 친구들이라 이거죠? 황당하네, 이런 경우는…. 교복 입고 와서 들여보내달라고 그러면 어떡해?
대신걸 : 오늘 2년 됐단 말이에요.
문지기 : 2년인지 몇 년인지 알게 뭐야. 우리는 신분증 확인하고 들여보내주는 건데…. 이분들은 놀고 가면 되지만, 우리는 잘못하면 가게 문 닫아야 돼.

친구들도 신분증 확인 후, 입장 성공. 하지만 다른 곳에서 입장 제지, 다시 한 번 신분증 확인. 이번엔 지문 대조까지 하고 겨우 입장 성공.

나이트클럽에서 1차를 즐긴 대신걸과 대신맨.
또 다른 나이트클럽에 도착.

문지기 : 몇 년 생이세요?

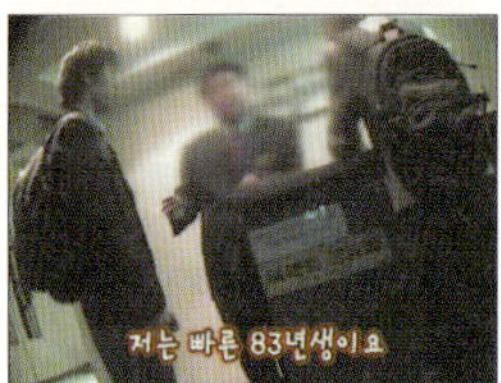

대신맨 : 81년생이오.

대신걸 : 저는 빠른 83년생이오.

문지기 : 나이가 되면 그냥 들어가세요.
무사 통과~

대신맨 : 굉장히 긍정적이야!

그날밤, 대신맨과 대신걸은 나이트클럽에서 신나게 놀았다.

**결론** 성인이면 교복을 입고도
나이트클럽 출입이 가능하다.

시키면 한다!
약간 더 위험한 방송
황당실험

# item 1

시킨 사람 : k1434

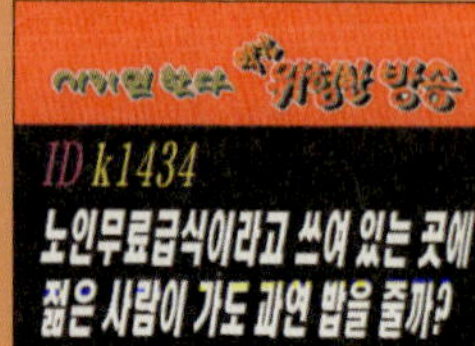


**시킨 일** 노인무료급식' 이라고 쓰여 있는 곳이 몇 군데 있다. 그런 데 그곳에 젊은 사람이 가도 과연 밥을 줄까?

종묘 공원에 도착한 뒤 무료급식소를 찾아가는 대신맨.

**대신맨** : 무료급식소가 어디 있어요?

**아저씨** : 밥 주는 곳? 왜?

**대신맨** : 밥 먹으려고요.

**아저씨** : 저쪽이야, 가봐.

무료급식소를 찾아 갔지만, 밥이 다 떨어졌단다.

오늘 급식 시간 끝.

다음날, 다시 무료급식소를 찾아 가는 대신맨.

길게 늘어선 줄이 보인다.

**대신맨** : 줄이 너무 긴데요?

한없이 기다리는 대신맨.
굉장히 지루해 하다가 드디어 밥을 탔다.
공원 한쪽에 자리를 잡고 밥을 먹는 대신맨, 주변 사람에게 아는 체도 한다.

**대신맨** : 식사 좀 더 하실래요? 여기 밥 굉장히 많이 주네요.

무지 많아 보이는 밥, 대신맨은 마지막까지 다 먹었다.

젊은 사람도 무료급식소에 가면 밥을 먹을 수 있다.

# item 2

시킨 사람 : 금붕어

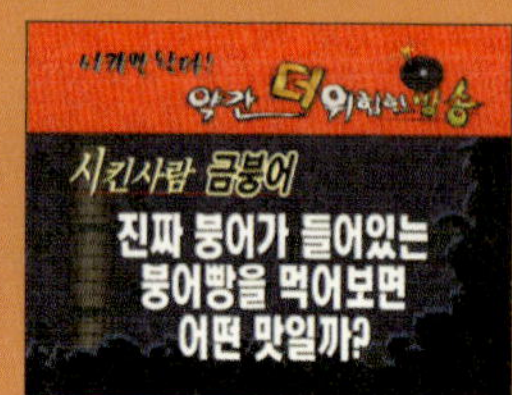


**시킨 일** 붕어빵에는 붕어가 없다. 그런데 만약 붕어빵에 진짜 붕어를 넣고 먹어보면 무슨 맛일까?

진짜 붕어빵을 만들기 위해 붕어를 준비했다.
지나가던 행인들도 멈춰 서서 이 장면을 구경하기 시작.

'진짜 붕어빵 만드는 방법'

1. 반죽을 틀에 붓는다.

2. 붕어를 넣는다.

3. 다시 반죽을 붓는다.

4. 잘 익혀준다.

진짜 붕어빵 시식을 위해 손님들을 부른다.
그러나 공짜에도 아랑곳 하지 않고 가는 아이들.

드디어 붕어가 들어있는 진짜 붕어빵 완성!

**대신맨** : 움직여.

마치 살아 있는 붕어처럼 움직이는 붕어빵.
차PD가 먼저 시식하기로 하고, 대담하게 덥썩 한입
물었는데….

**차PD** : 켁!

자기도 모르게 놀라 뱉어 버리는 차PD.
다시 천천히 붕어빵의 맛을 음미해 보는데….

**차PD** : 그냥 찝찔한 비린내가 나네. 달짝지근한 단
팥이 나아.

이때, 지나던 여자 행인이 관심을 보였다.
진짜 붕어빵을 건네자 받아들고는 고민 시작.

**여자 행인** : 이걸 어떻게 먹어요? 아무래도 팥이 맛있죠.

**결론**

붕어빵에 진짜 붕어가 들어가면 먹기 힘들다.

# item 3

시킨 사람 : 블랙박스

**시킨 일** 스튜어디스들을 보면 비슷한 가방을 갖고 다닌다. 그 속에는 대체 무엇이 들어 있을까?

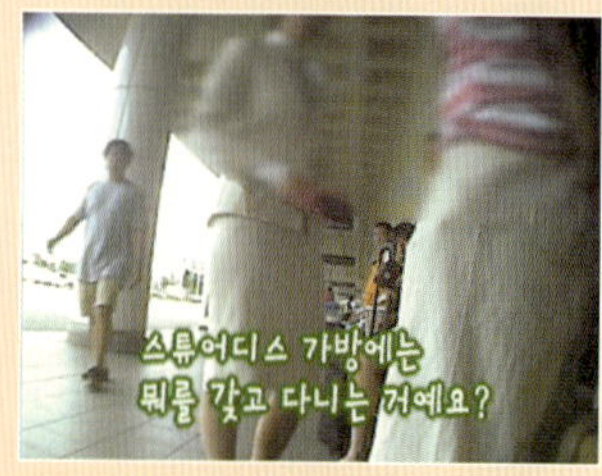

여기는 공항.

스튜어디스에게 다가가 무작정 말을 거는 대신맨.

대신맨 : 스튜어디스들은 가방에 뭐를 갖고 다니는 거예요?

스튜어디스 1 : 아, 이거요? 책들….

대신맨 : 구경해 볼 수 있어요?

스튜어디스 1 : 책들이랑요, 시간표, 앞치마, 또 어디 가서 자고 올 때 필요한 신발이나 이런 것들이 있어요.

대신맨 : 가방 속이 궁금한데, 좀 보여 주면 안 되나요?

스튜어디스 1 : 속은 안 되는데요, 볼 거 없어요.

대신맨 : 왜 못 보는 거예요?

**스튜어디스 1** : 규정상 안 돼요.

그렇다면 다른 항공사 스튜어디스는 어떨까?

**대신맨** : 스튜디어스 가방에는 뭐가 들어 있어요?

**스튜어디스 2** : 기내에서 필요한 물건이오.

**대신맨** : 가방 안을 좀 볼 수 있어요?

**스튜어디스 2** : 왜요?

**대신맨** : 평소에 너무 궁금했거든요.

**스튜어디스 2** : 업무 교본하고 앞치마 같은 것들이 들어 있어요.

어느 항공사든 들고 다니는 건 비슷한 듯.

**대신맨** : 보여 주면 안 되나요?

**스튜어디스 2** : 개인용품들인데…. 비행할 때 필요한 것들요.

**결론** 스튜디어스의 가방 안을 볼 수는 없지만 책, 시간표, 앞치마, 개인용품 등이 들어 있다고 한다.

# item 4

시킨 사람 : k1434

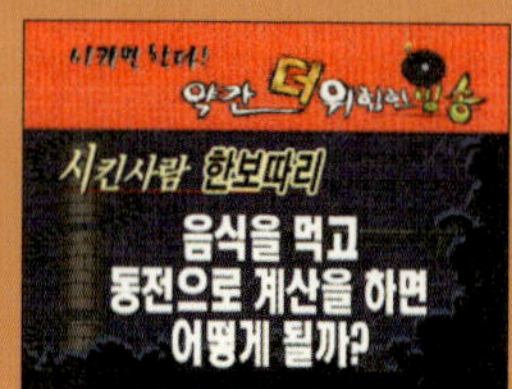


**시킨 일** 음식점에서 음식을 먹은 뒤 동전으로 계산을 하면 어떻게 되는지 실험해 주세요.

오늘은 대신맨이 쏘는 날.

패밀리 레스토랑에 도착하여 이것저것 주문했다.

주문한 음식들이 나오자 먹고, 마시고, 또 먹고….

식사 완료!

계산대로 향하는 대신맨.

지불할 금액 = 7만 4천 580원.

돼지 저금통 개봉박두!

**대신맨** : 동전으로 계산해도 가능하죠?

**종업원** : 네!

황당한 상황에 웃기만 하는 종업원.

**대신맨** : 동전으로 계산하는 사람 많습니까?
**종업원** : 처음이에요.

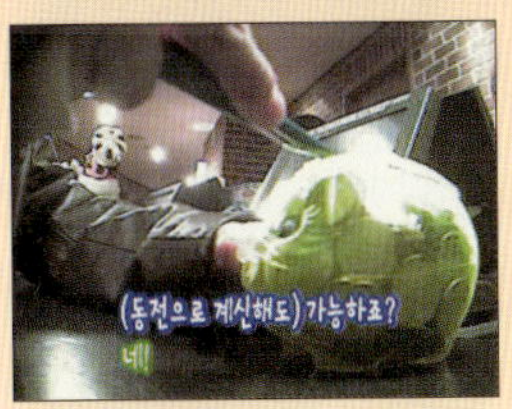


신기한 듯 구경하는 손님들.

**대신맨** : 손님들한테 동전 거슬러 줄 때, 밖으로 바꾸러 안 가도 됩니다.

드디어 지불 완료!

**결론**

동전으로 지불하면 돈 세는 시간이 걸릴 뿐, 계산하는 데는 아무 문제가 없다.

# item 5

시킨 사람 : able8713

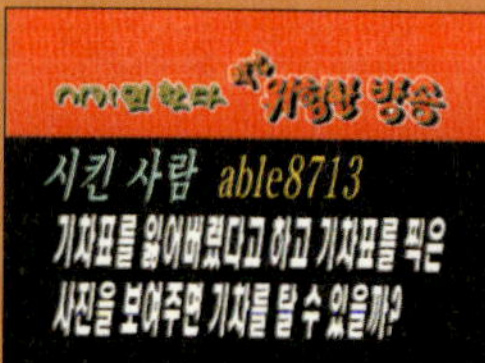


**시킨 일** 열차표를 잃어버렸다며 열차표 찍은 사진을 보여주면 열차를 탈 수 있을까?

실험을 위해 표를 끊는 신작가.

열차표와 함께 여러 장의 사진을 찍었다.

과연 이 사진으로 탑승이 가능할까?

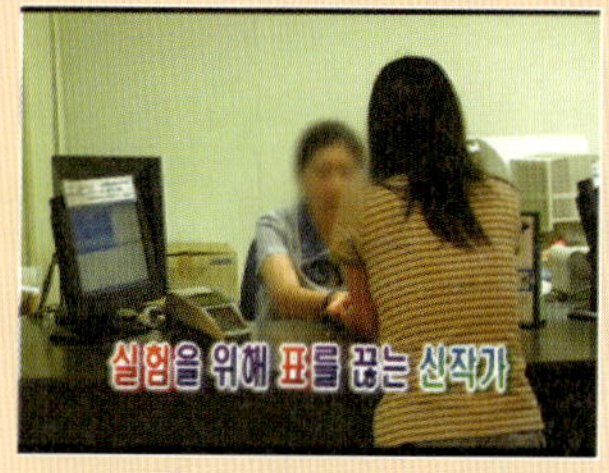


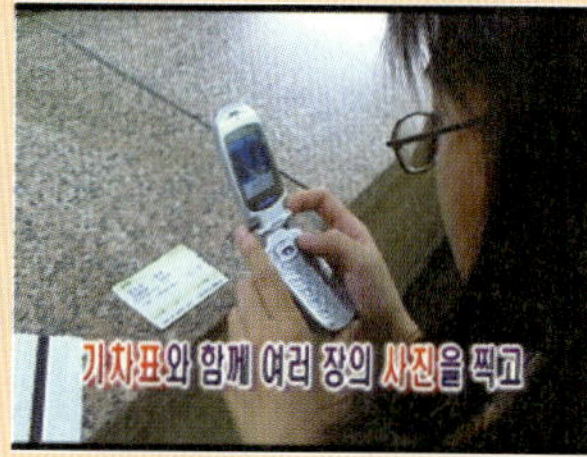


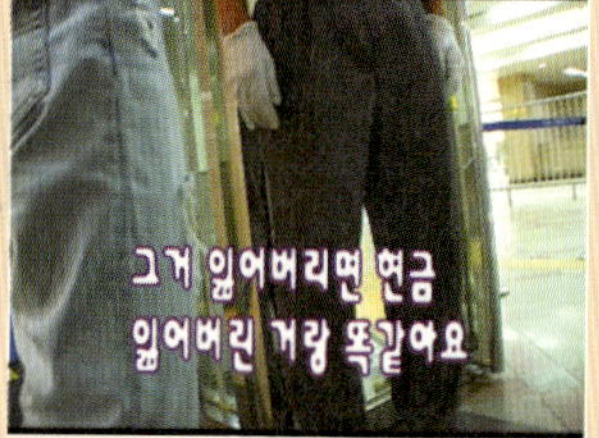


**신작가** : 제가 표를 잃어버렸거든요.

**역무원** : 그거 잃어버리면 현금 잃어버린 거랑 똑같아요.

**신작가** : 제가 표를 사진 찍어놨는데 그래도 안돼요?

**역무원** : 그것 가지고는 안 되는데…. 돈을 잃어버리고 사진 찍어놓으면 쓸 수 있나? 열차표는 유가증권이거든요.

**신작가** : 유가증권요?

**역무원** : 내가 승차권을 잃어버렸는데 다른 사람이 반환하면 돈이 나오

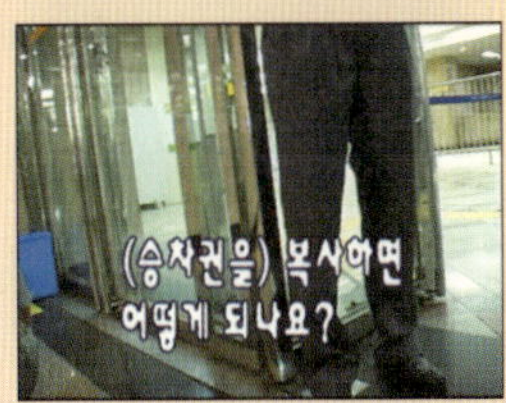


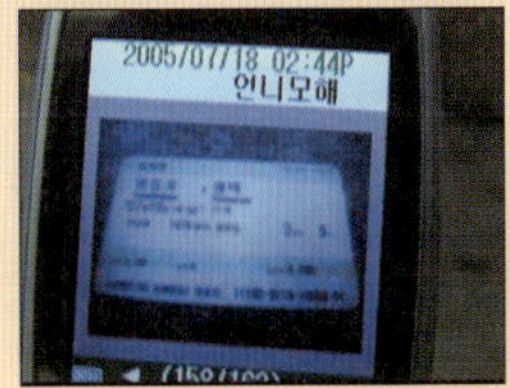


잖아요.

　　신작가 : 그럼 열차표를 복사하면 어떻게 되나요?

　　역무원 : 복사하는 것도 안 돼죠. 안 될 수밖에 없는 이유가 한 사람은 복사하고 다른 사람이 원본을 낼 수가 있잖아요. 그런 경우까지 대비하여 만들어 놓은 제도입니다. 승차권을 잃어버리면 99%가 손님 책임입니다.

**열차표를 찍은 사진으로는
열차를 탈 수가 없다.**

# item 6

시킨 사람 : 허남국

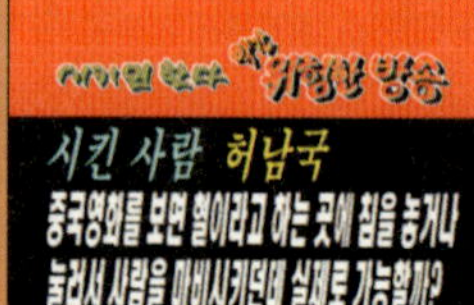


**시킨 일** 중국 영화를 보면 혈이라는 곳을 누르거나 침을 놔서 사람을 마비시키던데 실제로도 가능할까?

어디에 가서 알아봐야 할지 고민하던 대신맨, 한의원으로 찾아갔다.

대신맨 : 영화에서처럼 실제로도 혈을 눌러서 마비시키는 게 가능한가요?

한의사 : 우리가 보통 급소라고 하는 곳인데요, 한방에서는 경혈이라고 합니다. 그런 부분들을 자극했을 때 어떠한 형태로든 반응이 나오기는 하지만, 영화에서처럼 그렇게 즉각적이거나 심한 반응은 나타나지 않습니다.

대신맨 : 정확히 눌러도요?

한의사 : 아주 정확히 누르려면 정교한 동작이 요구되는데, 움직이는 상태에서 혈 자리를 찾아 공격한다는 것은 쉬운 일이 아닙니다.

**결론**

영화에서처럼 혈을 눌러서 사람을 마비시키는 것은 거의 불가능하다.

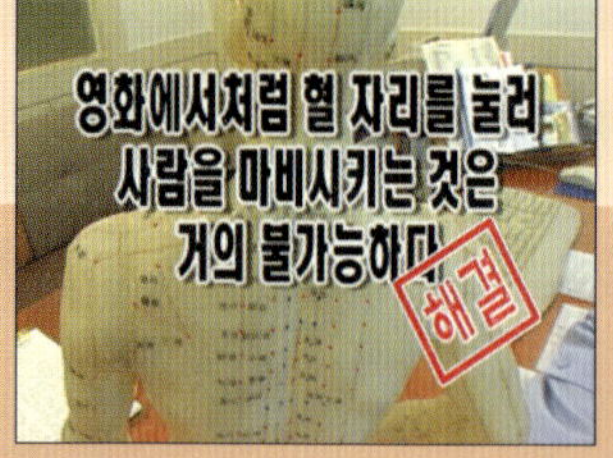

# item 7

시킨 사람 : 형파



**시킨 일** 고속도로 휴게소에서는 유턴도 할 수 없고 한 방향으로만 갈 수 있는데, 직원들은 과연 출퇴근을 어떻게 할까?

고속도로 휴게소를 찾아가는 제작진.
드디어 휴게소 발견.

**대신맨** : 휴게소에 근무하시는 분들은 출퇴근을 어떻게 하나요? 고속도로로 오나요?

**관계자** : 관내에 사시는 분들은 휴게소마다 뒷길이 있습니다. 뒷길을 통해 휴게소 후문 쪽에 주차를 하고 들어옵니다.

이곳이 휴게소 후문.

**대신맨** : 통근을 안 하시는 분들은 어떻게 해요?

**관계자** : 제가 알기에는 웬만한 고속도로 휴게소 내에는 기숙사가 있고요, 그렇지 않은 곳은 외부에 있는 아파트를 빌려서 기숙사로 쓰고 있습니다.

고속도로 휴게소 직원들은 국도를 이용해
출퇴근을 하거나 기숙사에서 생활한다.

# item 8

시킨 사람 : 조중헌

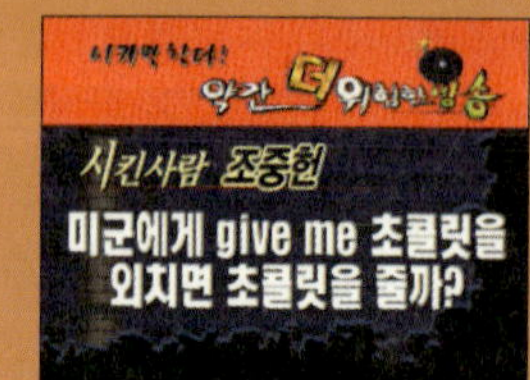


**시킨 일**  옛날 사람들은 미군이 지나가면 '기브 미 초콜릿' 이라고 해서 초콜릿을 얻어 먹었다고 한다. 요즘도 그렇게 하면 초콜릿을 줄까?

지나가던 미군에게 접근하는 대신맨.

**대신맨** : 초콜릿 기브 미~.

**미군 1** : ?

**대신맨** : 초콜릿, 초콜릿, 기브 미, 기브 미….

**미군 1** : (웃기만 한다)

대신맨, 이번에는 다른 미군에게 다가가 먼저 인사를 나누고 초콜릿을 요구하는데….

**대신맨** : 아이 해브 노 쏘리~.

미군2 : ?

대신맨 : 기브 미 초콜릿.

미군2 : (어이없어 하는 웃음)

**결론**

요즘은 미군에게 초콜릿을 달라고 해도 주지
않는다.

# item 9

시킨 사람 : 남남북녀

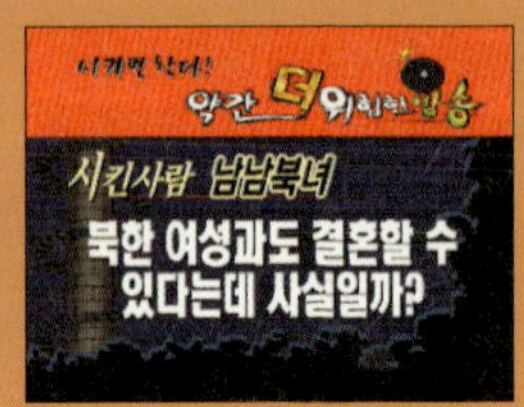


**시킨 일** 북한 여성과 결혼하게 해주는 회사가 있다던데 사실인지 알아봐 주세요.

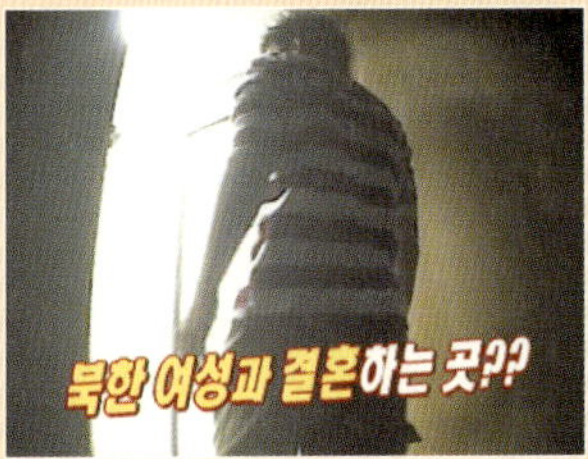

북한 여성과 결혼하는 곳?

대신맨, 탈북 여성 전문 결혼정보회사를 찾아 방문하다.

먼저 상담원이 등장.

**상담원** : 부모님이 이북에 계신 분들이 많이 결혼을 해요.

**대신맨** : 여기는 생긴 지 얼마 안 됐나 봐요?

**상담원** : 1년 가까이 됐죠. 주로 여성분들이 자신의 신분을 노출하기 꺼려하는 분들이 많아요. 주로 탈북 여성들이거든요. 일단 문화적인 차이는 분명히 있다는 점을 알고 하셔야 해요.

**대신맨** : 소개 비용은 얼마나 해요?

**상담원** : 1년 회원 가입비가 180만 원이에요. 1년 동안 8번 만남을 주선

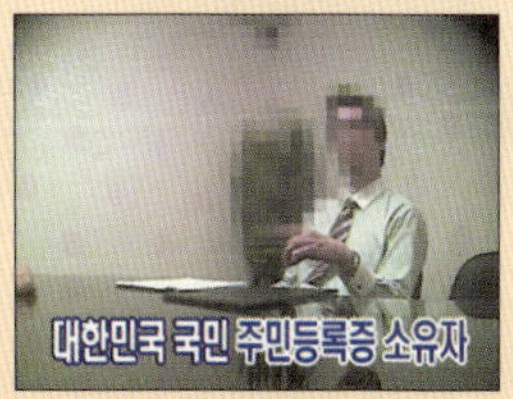


해 주고요. 국제결혼 같은 경우 베트남, 필리핀 여성들은 사오다시피 하기 때문에 2, 3천만 원 정도 하는데 그런 것과는 다르죠.

**대신맨** : 조선족인가요?

**상담원** : 아뇨. 대한민국 국민이에요. 주민등록증 소유자만 소개해 주고 있어요.

**대신맨** : 나이는 어떻게 되는데요?

**상담원** : 평균적으로 마흔 살 정도 돼요.

**대신맨** : 프로필을 좀 볼 수 있어요?

**상담원** : 프로필은 공개 못하게 돼 있어요. 북한 여성이란 특수성 때문에 신분 노출을 좀 꺼려하거든요. 왜냐하면 탈북해서 사건이 생기면 북한에 있는 나머지 가족들이 해를 입으니까요.

**결론**

탈북 여성과 소개해 주는 결혼정보 회사도 있다.

# item 10

시킨 사람 : 맥가이버

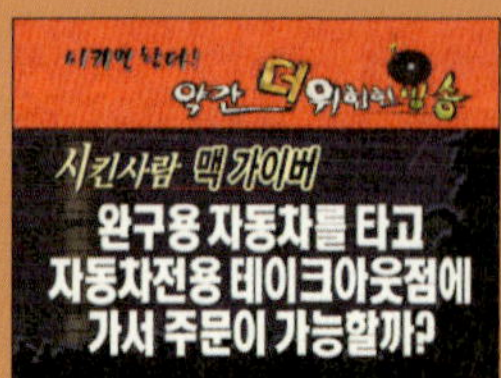


**시킨 일** 어린이들이 타는 완구용 자동차를 타고 자동차 전용 테이크아웃점에 가서 주문을 하면 어떻게 될까?

자동차 전용 테이크아웃점.

완구용 자동차를 타고 씩씩하게 나타난 대신맨.

대신맨 : 세트로 하나 주세요. 손님 많이 와요?

점원 : (웃으며) 네.

대신맨 : 우리나라에 많아요, 이런 데가?

점원 : 그렇게 많진 않고요, 열 개 정도 돼요.

성공적으로 주문을 마치고 음식이 나오기를 기다리는 중.

대신맨 : 운전하면서 먹어야 되니까 포장 좀 잘해 주세요. 도로가 밀려 서 천천히 운전하고 있거든요. 드라이브점 이용해 보고 싶어서 특별히

이 차량도 구입한 거예요.

점원은 끝까지 친절하게 대신맨을 상대해 준다.

운전(?)하면서 콜라를 마시는 대신맨.
제법 여유도 부린다.

**대신맨** : 콜라를 다 마셔서 리필하러 가야겠다.

아주 힘겹게 리필을 하러 가는 대신맨.
리필 완료.

**결론**

완구용 자동차로도 자동차 전용 테이크아웃점
이용이 가능하다.

# item 11

시킨 사람 : 운짱

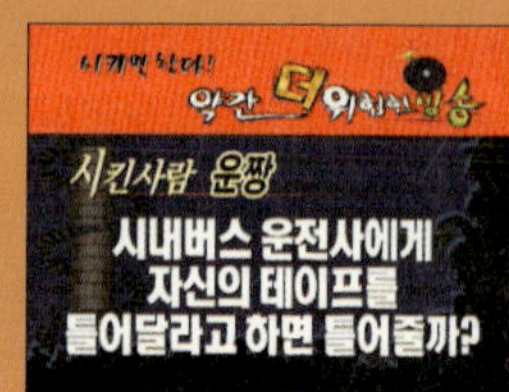


**시킨 일**  시내버스를 타고 가다가 운전기사에게 테이프를 건네주면서 틀어달라고 하면 어떻게 될까?

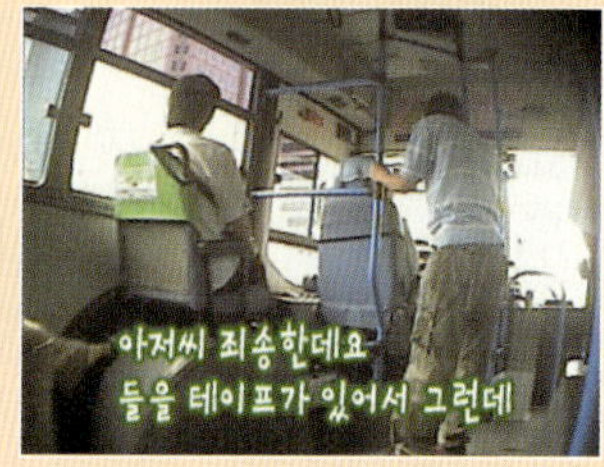

대신맨, 아무 버스나 일단 탑승!

슬슬 운전기사 쪽으로 다가간다.

**대신맨** : 아저씨, 죄송한데요. 들을 테이프가 있어서 그런데 테이프 좀

들을 수 있을까요?

**운전기사** : 다른 손님들이 있어서….

**대신맨** : 제가 양해를 구하겠습니다.

뒤돌아서서 승객들에게 양해를 구해보는 대신맨.

대체 무슨 테이프이길래?

운전기사가 드디어 테이프를 틀어 주었다.
헉, 이것은 영어 테이프?

대신맨 : 죄송한데요, 그 부분이 아니라 조금 앞으로
감을 수 있을까요?

운전기사, 친절하게 테이프를 감은 뒤 다시 틀어 준다.

대신맨 : 볼륨이 좀 작은데 키워 주세요.
운전기사 : 이 정도면 높아요.
대신맨 : 왜 나는 잘 안 들리지? 리스닝을 잘해야 되
는데….

잘 모르는 부분은 승객들한테 물어보는 대신맨.
그러나 승객들은 별 관심이 없다.

**결론**

버스에서 손님들의 양해만 구한다면 테이프를
들을 수도 있다.

# item 12

시킨 사람 : 밥상

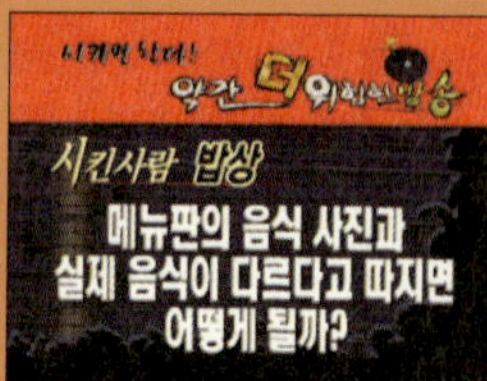


**시킨 일** 음식점에 가보면 메뉴판의 음식 사진과 실제 음식이 다른 경우가 있다. 그걸 트집 잡으면 어떻게 될까?

오늘의 메뉴를 고르는 대신맨.

가스우동 당첨!

주문을 하자 곧바로 음식이 나왔는데….

대신맨, 궁시렁거리다가 급기야 실제 대조를 해보고….

딱 걸렸어!

하나하나 트집을 잡는 대신맨.

직접 사장이 나와서 해명 중.

**사장** : 실제와는 다소 차이가 있거든요. 사진하고 똑같을 수는 없어요.

하지만 원하시면 얘기하세요.

패스트푸드점을 찾은 대신맨, 똑같은 방법으로 트집을 잡아 보았다.

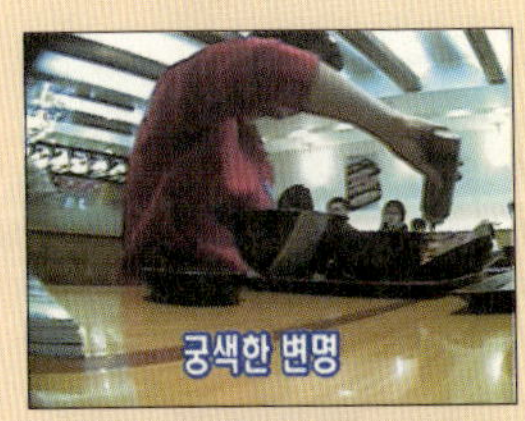


**대신맨** : 마요네즈가 덜 뿌려져 있거든요. 화끈하게 사진처럼 뿌려주시고요. 상추도 좀 싱싱하게, 디스플레이 된 것처럼요.

**종업원** : 사진이 좀 풍성해 보여요.

**대신맨** : 사진이 풍성하면 실제 나오는 것도 풍성해야 되지 않습니까?

기어이 사진과 비슷하게 만들어 먹었다.

**결론**

사진과 실제 음식이 다르다고 따지면 비슷하게 만들어준다.

## item 13

시킨 사람 : 위험한택시

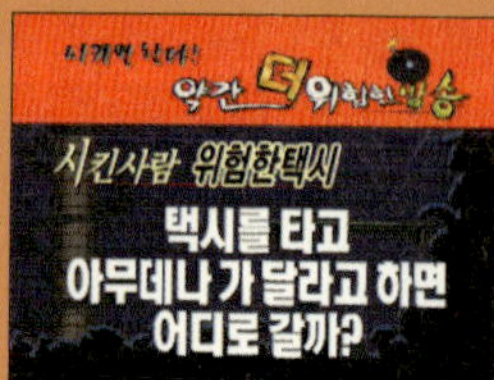


**시킨 일** 택시를 타고 아무데나 가달라고 하면 어디로 가는지 실험해 주세요.

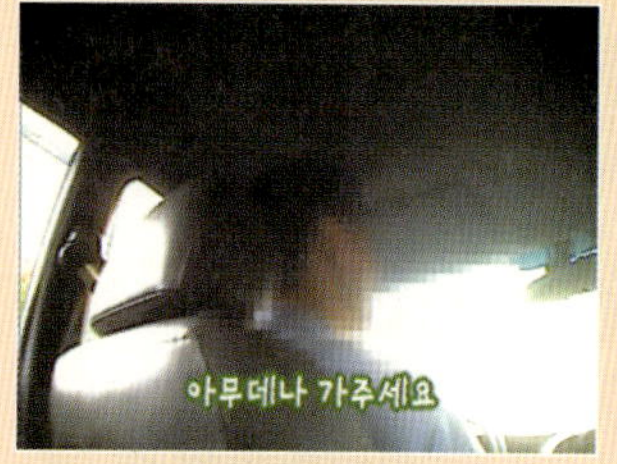


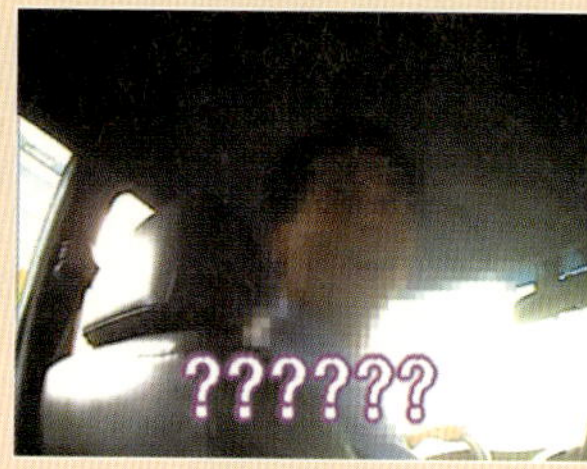

택시를 타는 대신맨.

**택시 기사** : 어디로 모실까요?

**대신맨** : 아무데나 가주세요.

**택시 기사** : ??

**대신맨** : 그냥 아무데나 가주세요.

일단 출발하는 택시.

**택시 기사** : 무슨 일 있어요?

**대신맨** : (한숨을 쉬며) 오늘 직장에서 잘렸거든요. 부모님도 쓰러지셨다네요.

우울해 보이는 대신맨을 위해 인생 선배로서 성심성의껏 조언을 해주는 택시 기사.

**택시 기사**: 높은 곳에서 밑을 내려다보면 사람 생각이 넓어져요.

인생을 비관하는 대신맨에게 강보다는 산을 강력 추천.
그래서 도착한 곳은?

남산.

**대신맨**: 기사님, 좋은 말씀 감사합니다.

**결론**

택시를 타고 아무데나 가달라고 하니 남산으로 갔다.

# item 14

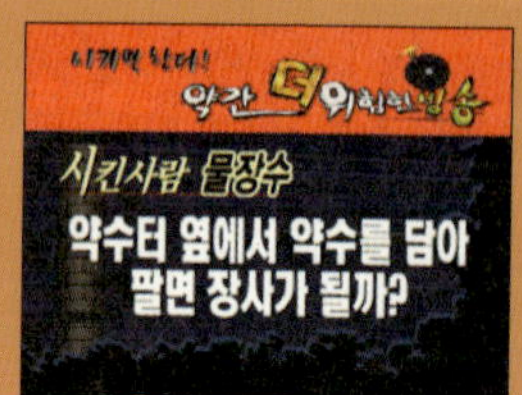


시킨 사람 : 물장수

**시킨 일**　약수터에 오는 사람들을 상대로 약수를 담아 팔면 사는 사람이 있을까?

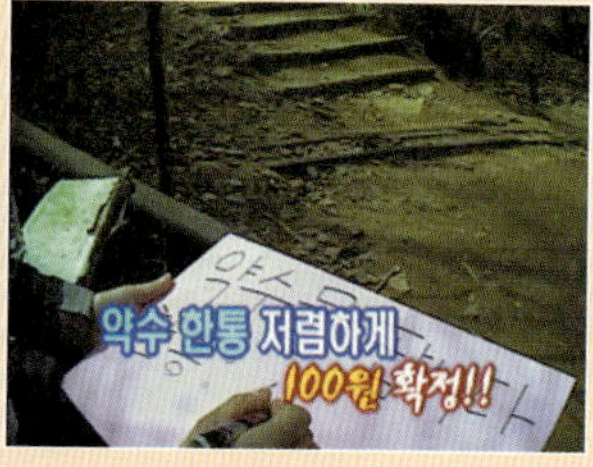

약수를 찾아 산에 오르는 조PD와 대신맨.

평소에 운동을 안 해서 산행이 참 힘겹다.

힘들게 약수터에 도착.

**대신맨** : 여기까지 올라와서 물을 사가지고 가는 사람은 없겠죠?

약수 한 통, 저렴하게 100원 확정!

**등산객** : 약수 파는 거예요?

**조PD** : 네, 팝니다. 한 통에 100원입니다.

**등산객** : 내일도 오세요?

관심을 보이는 등산객이 있다.

등산객 : 두 통만 주세요.

네 통을 모두 달라는 등산객도 있고….

장사가 잘되자 신이 난 대신맨.
약수 4통 값 400원 수금 완료.

등산객 : 매일 안 오세요?
대신맨 : 오늘 처음 시작한 건데… 바쁜 현대인들을
위해 제가 준비했습니다.
아줌마 : 물 파는 게 꼭 봉이 김선달 같아.

그러나 시간이 지나면서 장사가 잘 안 되기 시작했다.
대신맨, 배달까지 해준다는 옵션을 내걸었다.
하지만 그냥 가는 사람들.
등산객들의 관심을 집중시키는 데는 성공했지만 판매가 매우 부진하여
물장사 이만 철수!

약수터 옆에서 약수 장사를 한 결과, 4통 판매해 400원 수익 성공.

**결론**

약수터 옆에서 약수를 팔아도 사는 사람이
있다.

# item 15

시킨 사람 : acorn0440



**시킨 일**  '개밥에 도토리' 라는 말이 있는데, 실제로 개밥에 도토리를 섞어서 주면 개가 먹을까?

도토리를 찾아나서는 제작진.

줍고 또 줍고….

먹음직스러운 도토리를 많이 주웠다.

첫 번째 실험 주인공 누렁이.

본격적인 실험 준비를 위해 심혈을 기울여

'개밥에 도토리' 완성.

누렁이 앞에 밥그릇을 놓아두고 실험 시작!

조심스럽게 밥그릇에 접근하더니 맛있게 먹는 누렁이.

바로 그때!

씹던 도토리를 뱉어냈다.

텅 빈 밥그릇과 주위에 널려 있는 도토리.
도토리는 먹지 않았다.

같은 방법으로 다른 강아지에게 재실험.
과연 이번에는?

역시 도토리만 남기고 깨끗하게 비운 밥그릇.

세 번째 강아지 역시 같은 결과.

**결론**

개밥에 도토리를 섞어서 주면 밥만 먹고 도토
리는 남긴다.

## item 16

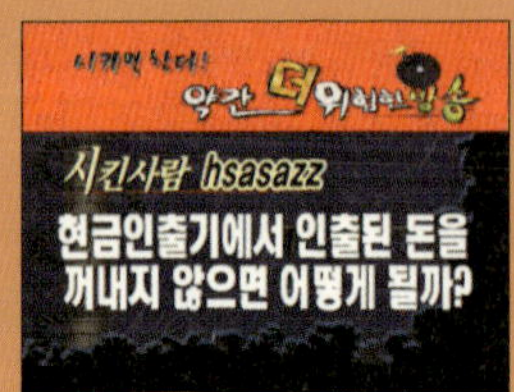


시킨 사림 : hsasazz

**시킨 일** 현금인출기에서 돈을 찾는 사람들이 많은데, 만약 돈을 꺼내지 않고 내버려두면 어떻게 될까?

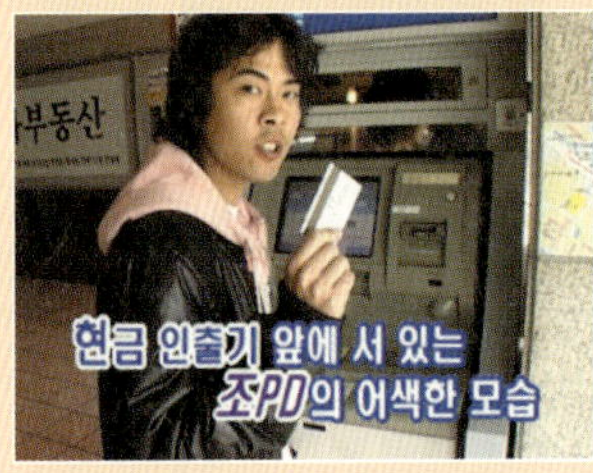

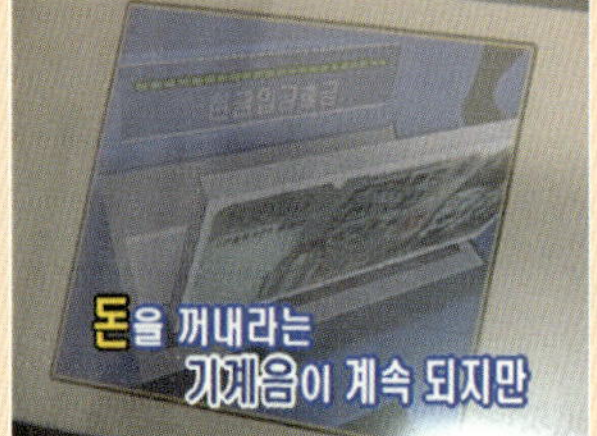


현금인출기 앞에 서 있는 조PD.

누가 볼까 봐 잽싸게 비밀번호를 누른다.

정상적으로 돈이 인출되고, 돈을 꺼내라는 기계음이 계속 되지만 딴청만 피우는 조PD.

갑자기 덮개가 닫히더니 '기기 점검 중' 이라는 메시지가 나온다.

명세표에는 알 수 없는 문자와 숫자뿐….

은행으로 문의해라?

그래서 문의해봤다.

우리는 원래 시키면 한다!

당황, 난감한 조PD 앞에 문제 해결을 위해 은행 직원 출동!

곧 기계에 걸린 돈을 꺼내준다.

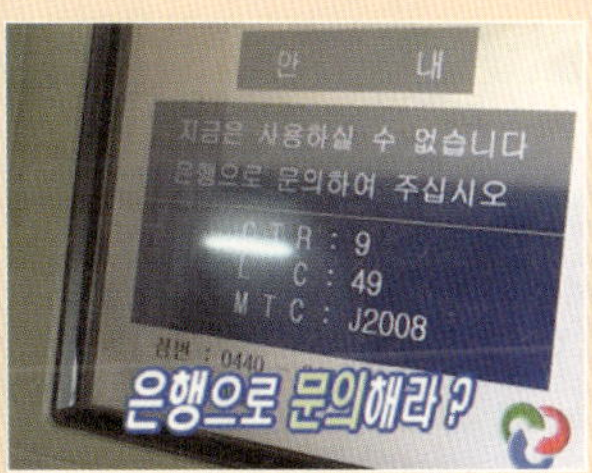


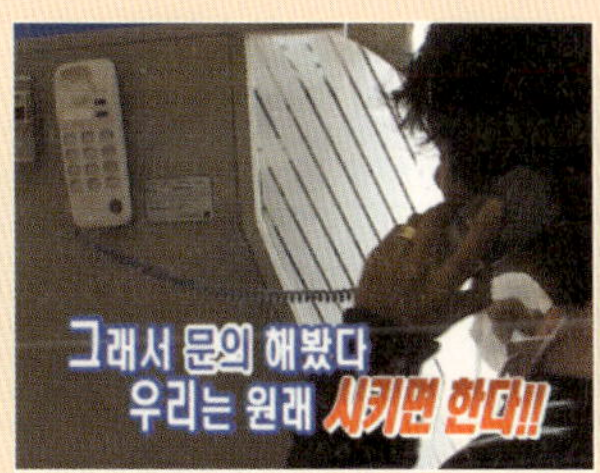


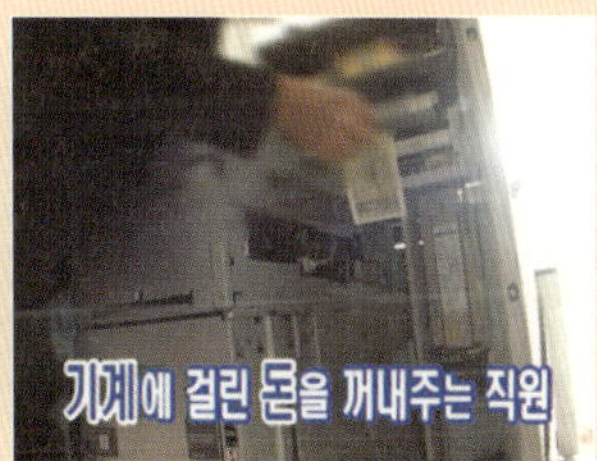

**결론**

현금인출기에서 인출된 돈을 꺼내지 않으면
일이 복잡해진다.

# item 17

시킨 사람 : zed001

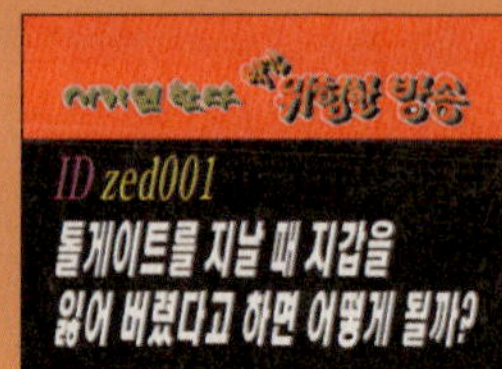


**시킨 일** 톨게이트를 지날 때 지갑을 잃어 버렸다고 하면 어떻게 되는지 실험해 주세요.

**대신맨** : 지갑을 먼저 숨기겠습니다.

지갑을 꽁꽁 감춘 후 톨게이트를 향해 달리는 대신맨.
드디어 톨게이트에 도착했다.

**대신맨** : 저기, 죄송한데요. 지갑을 안 갖고 왔거든요. 어떻게 해야 되죠?

**직원** : 성함이 어떻게 되세요?

**대신맨** : 정상수요.

**직원** : 이거 받으시고요, 나중에 내시면 됩니다.

**조PD** : 여기 와서 다시 내야 되나요, 아니면 은행에 내도 되는 거예요?

직원 : 네, 은행에 내셔도 됩니다.

대신맨 : 요금은 얼마예요?

직원 : 800원입니다. 이거 읽어 보시고요, 안 내시면 벌금 10배입니다.

대신맨이 받아든 것은 '미납요금후불약정서'.

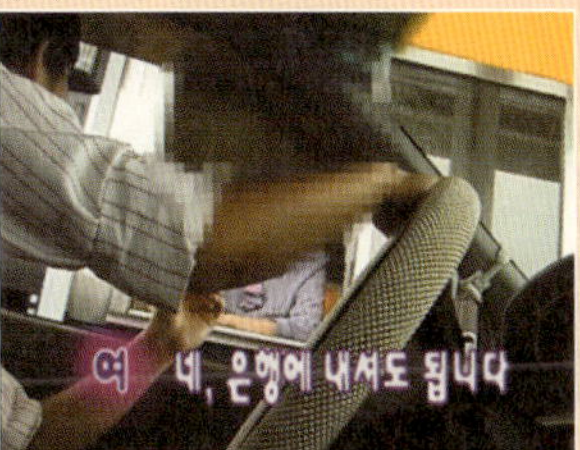

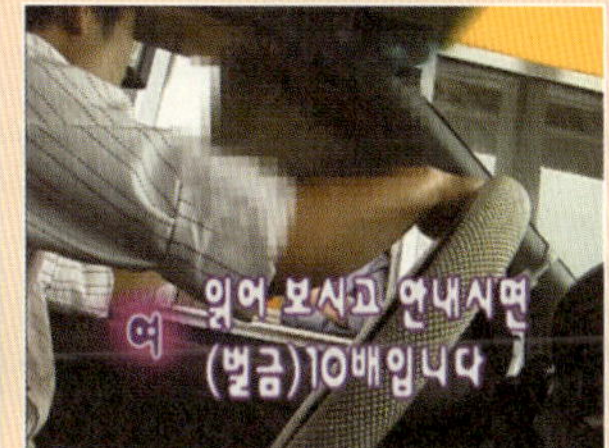

**결론**

톨게이트를 지날 때 돈이 없다면 다음에 내면
된다.

# item 18

시킨 사람 : 돌팔매

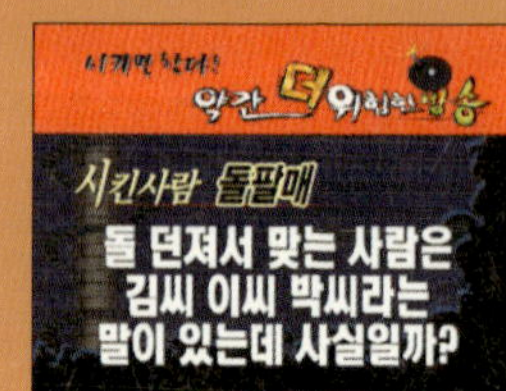


**시킨 일** 사람들 많은 곳에 돌을 던지면 김씨, 이씨, 박씨 중에서 맞는 사람이 나온다는데 사실인가요?

진짜로 돌을 던질 수는 없고, 돌 대신 종이로 공을 만들어서 던졌다.

그러나 조준 실패.

이어서 다시 던지자 아싸, 한 사람 맞았다.

과연 맞은 사람의 성씨는?

강씨.

그 다음부터 차례로 성씨를 기록하기 시작했다.

어, 그런데 외국인이?

**대신맨** : 왓츠 유어 네임?

**외국인** : 엘리자베스.

대신맨 : 라스트 네임?

외국인 : 루이스.

최종 결과를 살펴보면 다음과 같다.

김씨 5, 박씨 2, 이씨 없음, 기타 15.

**결론**

한국에는 김씨, 박씨, 이씨말고도 많은 성이
있다.

# item 19

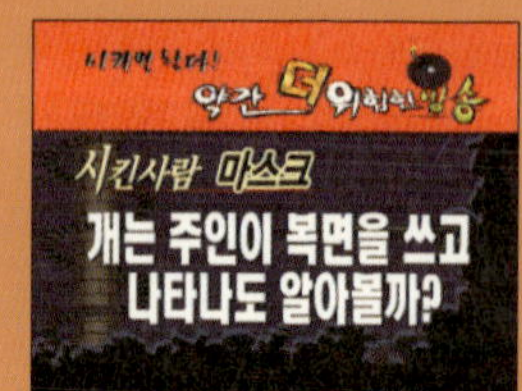


시킨 사람 : 마스크

**시킨 일**  개는 주인을 멀리서도 곧잘 알아보는데, 과연 복면을 쓰고 나타나도 알아볼까요?

### 실험맨 1

복면을 쓰고 등장한 조PD.

금방이라도 달려들 듯 짖어대는 사나운 실험견, 수상한 조PD를 심하게 경계한다.

### 실험맨 2

조PD의 옷을 입고 등장한 개 주인.

주인을 알아보지 못하고 짖어대는 실험견.

이때, 개 이름을 부르자 갑자기 순해졌다.

얼굴을 가려도 주인의 목소리를 알아듣는다.

### 실험맨 3

개 주인의 옷을 입고 등장한 차PD.

목소리를 듣더니, 주인이 아님을 알아채고는 짖는다.

그렇다면 말없이 복면만 벗으면 어떨까?

주인을 못 알아보고 계속 짖는 개를 향해 아무 말 없이 복면을 벗는 개 주인.

주인의 얼굴을 확인하자 곧바로 순해진다.

**결론**

개는 주인의 얼굴과 목소리를 확실히 구별한다.

# item 20

시킨 사람 : moonmh39



**시킨 일**  스님들은 항상 승복을 입고 다니는데, 그렇다면 속옷도
스님들이 입는 건 다른지 알아봐 주세요.

'안양암' 이라는 절을 찾아나선 제작진.

김PD : 스님, 속옷은 뭘 입으시나요?

보월 스님 : 똑같아. 일반 사람과 속옷은….

김PD : 그럼 혹시 여스님들은 뭘 입으시는지 아시나요?

보월 스님 : 여스님들도 똑같이 일반 속옷을 입지.

김PD : 보여주시면 안 되죠?

보월 스님 : 안 되지.

**결론**

스님들도 일반인과 같은 속옷을 입는다.

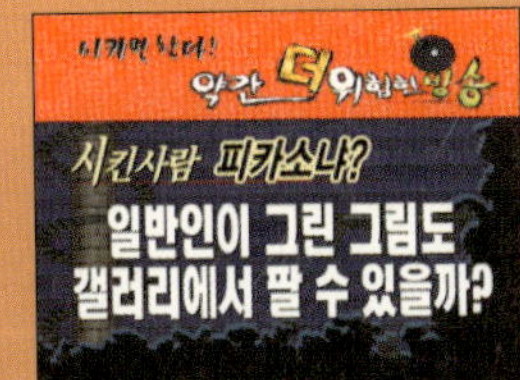


# item 21

시킨 사람 : 피카소냐?



**시킨 일**  화랑에 가보면 화가들의 그림을 전시해 놓고 팔고 있다.
그렇다면 일반인들이 그린 그림도 팔 수 있을까?

나름대로 작품을 구상하는 대신맨.

그러나 마음먹은 대로 되지 않고 스케치만 30분째다.

오늘 내로 끝낼 수 있으려나….

결국 추상화로 장르를 바꾸는 대신맨.

의미를 알 수 없는 점들이 난무한다.

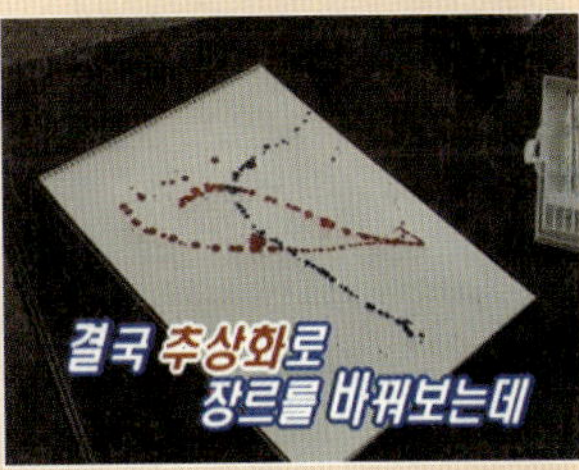


대신맨의 난해한 정신세계를 표현한 작품이 완성되었다.

대신맨이 아트(?)에 심취해 있는 동안 어수선해진 주변을 정리하는 조PD.

우여곡절 끝에 추상화 두 점 완성!

첫 번째 갤러리를 찾은 대신맨.

대신맨 : 여기서 제 작품을 팔 수 있을까요?

담당자 : 작품을? 어떻게?

대신맨 : 제가 그린 그림이 있거든요. 그걸 좀 팔고 싶어서요. 요즘 그림 한 장당 얼마입니까?

담당자 : 그건 작가에 따라 다 다르죠.

대신맨 : 제가 그림을 그리긴 잘 그리는데 유명하지는 않아요. 추상화를 그렸는데 이 정도면 가격이 얼마 정도 될까요?

담당자 : 어렵네요. 재료가 뭐예요?

대신맨 : 재료요? 포스터 칼라.

담당자 : 포스터 칼라요?

어색한 침묵이 흐르고… 무안해진 대신맨.

결국 두 번째 갤러리로 향하다.

담당자 : 신인작가 작품은 거의 안 나가요.

대신맨 : 그래요? 제가 추상화를 그리거든요. 어떻습니까?

담당자 : 글쎄요. 아직은 잘 모르겠습니다.

대신맨 : 팔 수는 없을까요?

세 번째 갤러리에 도전하는 대신맨.

대신맨 : 그림 가격 측정을 받으려면 어디로 가야 해요?

담당자 : 가격 측정은 본인이 하시는 거예요.

대신맨 : 제가 직접?

담당자 : 네. 거의 통상적으로 하는 가격이 어느 정도는 있거든요.

대신맨 : 그럼 이 정도 그림이면 어느 정도인지 봐 주실 수 있으세요?

담당자 : 그런데 그건 그림에 따라서라기보다는 그 분의 경력이나 그런 것에 따라서….

대신맨 : 저는 잘 그렸다고 생각하거든요.

담당자 : 작가는 다 그래요. 자부심과 소신 없이 어떻게 그림을 그려요?

결국 성과 없이 돌아서는 대신맨.

대신맨 : 공부 더 해야겠습니다.

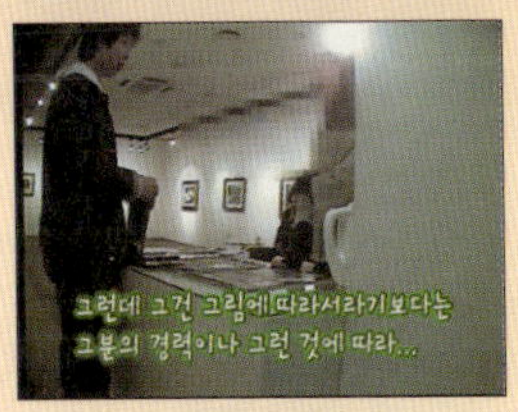

**결론**

유명하지 않은 사람이 그린 그림은 팔기가 쉽지 않다.

# item 22

시킨 사람 : 추한넘

**시킨 일** 길거리에서 여자들이 봉변을 당하면 다른 사람들이 도와
주는지 실험해 주세요.

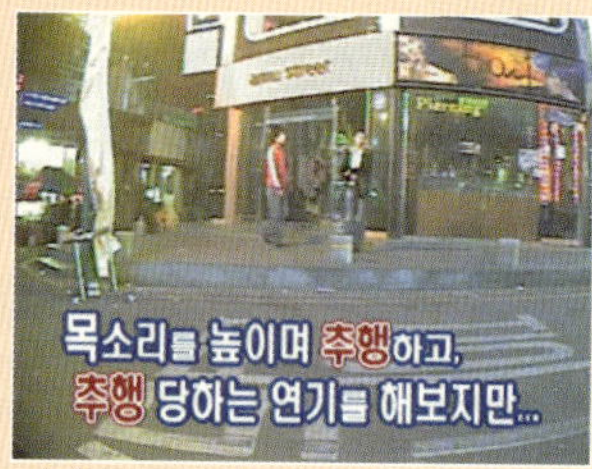




대신걸, 연기를 위해 먼저 길거리에 나서고 대신맨도 어슬렁어슬렁 뒤따라
나타났다.

슬슬 건달 연기를 펼치는 대신맨.

**대신맨** : 지나가다가 맘에 들어서….

**대신걸** : 저 시간 없거든요.

진지하게 연기 중인 대신맨과 대신걸.

그러나 무심하게 보고 지나가는 시민들.

**대신맨** : 너 몇 살이야?

**대신걸** : 내가 몇 살인지 알아서 뭐하려고요?

몸싸움까지 벌이는 혼신의 연기.

목소리를 높이며, 추행하고 추행당하는 연기를 해보지만 아무도 도와주지 않는다.

대신맨 : 술 먹었어요? 왜 이래요? 빨리 가요!

대신걸 : 아휴, 내가 널 잡아먹는대?

대신맨의 추행 연기가 무르익을 때 즈음, 어디선가 나타난 한 남자.

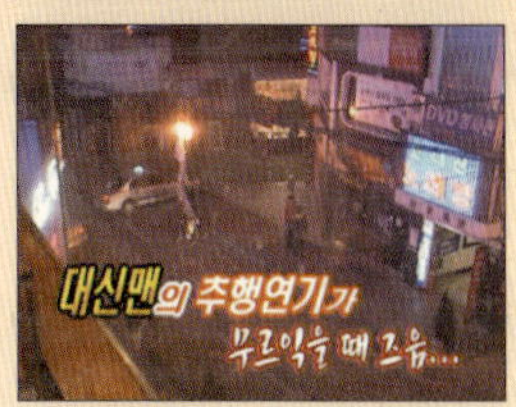


남자 : 왜 그러는데? 왜 만지는 거야?

대신맨 : 아니, 왜 그러세요?

남자 : 이러면 안 되지. 여자는 너 모르는데 왜 네가 와서 그래?

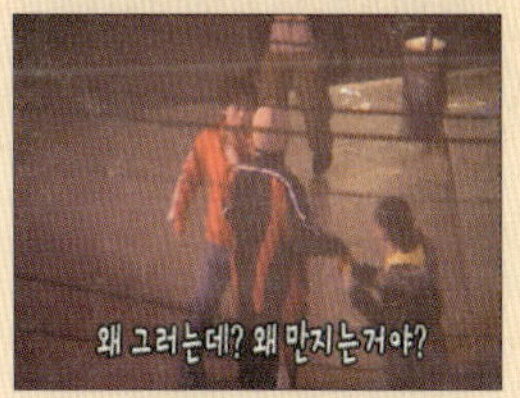


대신맨 : 쟤가 먼저 소리를 치잖아요, 저한테.

남자 : 그냥 가….

대신걸 : 친구 만나기로 했단 말이에요. 빨리 가야 돼요.

남자 : 싫다잖아. 다른 여자 꼬셔….

**결론**

불의를 보고 못 참는 멋진 시민, 한 사람씩은 꼭 있다.

# item 23

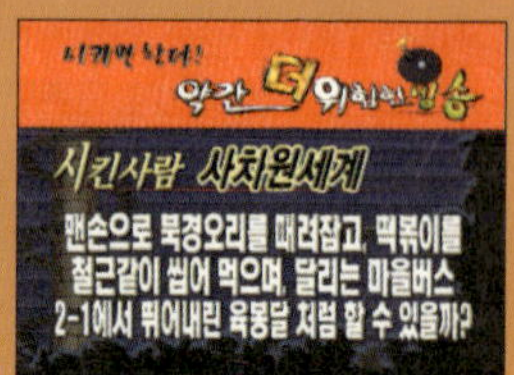


시킨 사람 : 사차원세계

**시킨 일** 맨손으로 북경오리를 때려잡고, 떡볶이를 철근 같이 씹어 먹으며, 달리는 마을버스 2-1에서 뛰어내렸다는 육봉달. 과연 그렇게 할 수 있을까?

먼저, 북경오리 때려잡기.

이게 바로 육봉달이 때려잡았다는 북경오리?
슬금슬금 북경오리를 향해 다가가는 대신맨.
어느 순간, 오리 떼를 향해 돌진!
그러나 맨손으로 오리 잡기가 만만치 않다.
은근히 오리를 무서워하는 대신맨.
일단, 오리 한 마리를 맨손으로 잡았다.
이젠 때려잡기만 하면 되는데….
오리를 꿀밤 때려(?) 잡는 대신맨.

비장한 각오로 재도전!

대신맨의 북경오리 추격전은 계속되고, 한 마리만 죽어라 쫓아가는 대신맨.

드디어 맨손으로 북경오리 잡는 데 성공!

역시, 오리를 마구 때려(?) 잡는다.

어쨌든, 북경오리를 맨손으로 때려잡는 데 성공!

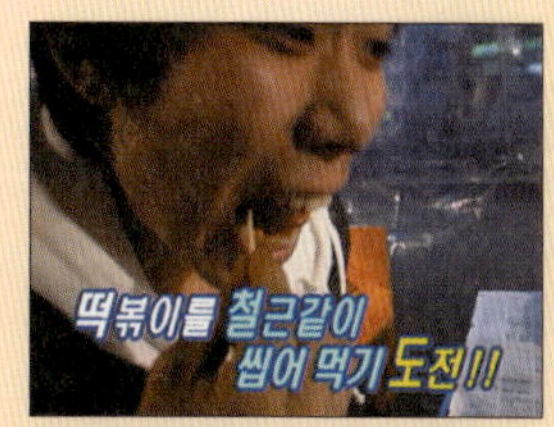


이젠 떡볶이를 철근같이 씹어 먹을 차례.

먹음직스런 떡볶이를 한입에 넣고, 아그작 아그작, 마치 철근을 씹어 먹듯이 강렬하게 먹는 대신맨.

떡볶이를 먹는 모습이 힘겹게 보인다.

**대신맨** : 철근이라 생각하고 먹고 있습니다.

아무튼, 떡볶이를 철근같이 씹어 먹기 성공!

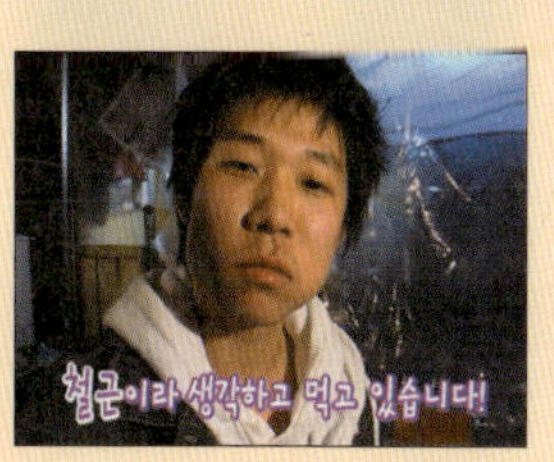


이제, 마지막으로 달리는 마을버스 2-1에서 뛰어내리기.

그 어느 때보다 긴장한 대신맨.

**대신맨** : 살려주세요.

그러나 다시 한 번 각오를 다지고, 때마침 도착한 마을버스 2-1에 오른다.

과연 뛰어내릴 수 있을까?

마을버스 2-1 쌩쌩 달리는 중.

일단 창문을 열고 밖을 한번 보니 용기가 나질 않는데….

대신맨 : 아, 무섭다.

호시탐탐 뛰어내릴 기회를 엿보는 대신맨.

대신맨 : 너무 빨라서 못 뛰어내리겠다. 아, 너무 빠르다. 너무 빨라.

겨우 마음을 잡자 곧바로 다시 출발하는 마을버스 2-1.

대신맨 : 생각보다 많은 용기를 필요로 하는구나.

마을버스가 돌고 돌아 도착한 곳은?
다시 원점!
이번엔 진짜 뛰어내릴 수 있을까?

대신맨 : 입이 바싹바싹 마르네.

마음을 굳게 먹고 기회를 엿보다가 드디어, 뛰어내렸다!

달리는 마을버스 2-1에서 뛰어내리기 성공!!

**결론**

용기만 있다면 당신도 육봉달처럼 해낼 수 있다. 그러나 절대 따라하지 마십시오. 아주 위험합니다.

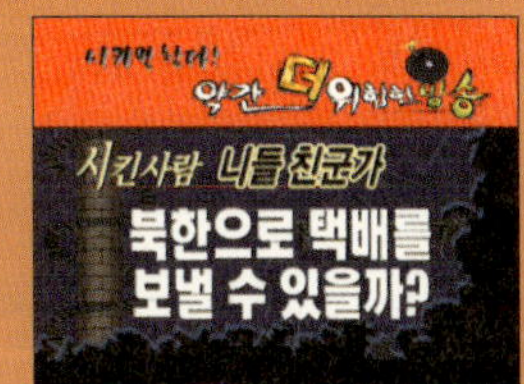

item **24**

시킨 사람 : 니들친군가

**시킨 일** 북한으로 택배를 보낼 수 있는지 실험해 주세요.

천진난만한 우리의 대신걸, 북으로 보낼 택배 준비 완료!

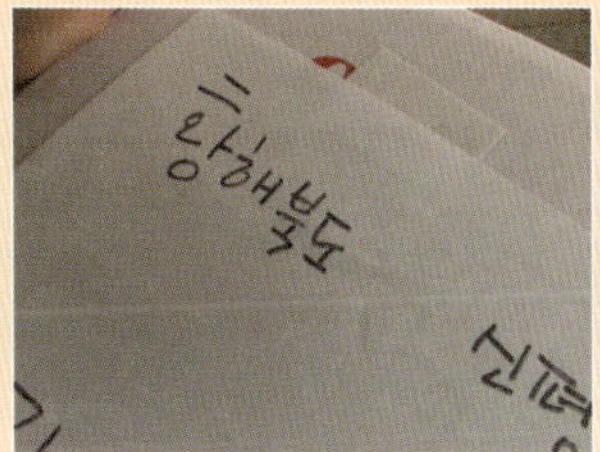

택배회사로 씩씩하게 걸어간다.

드디어 택배 회사 도착!

물건 접수 신청하는데….

**직원** : 물건이 뭐죠?

**대신걸** : 라면이오.

이때, 흠칫 놀라는 택배회사 직원.

**직원** : 이게 뭐예요, 황해북도가?

**대신걸** : 황해북도 모르세요?

직원 : 황해북도가 어디야?

대신걸 : 북, 이오!

직원 : 어디 북?

대신걸 : 북한 북!

직원 : 북한은 안 가죠. 북한에 택배가 어떻게 가요.

대신걸 : 이 분한테 꼭 보내야 되는데….

직원 : 황해북도가 어디라구요? 남한이에요, 북한이에요?

대신걸 : 북한이죠.

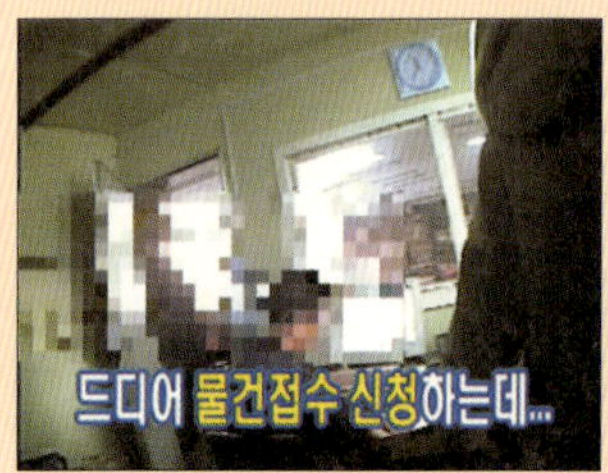


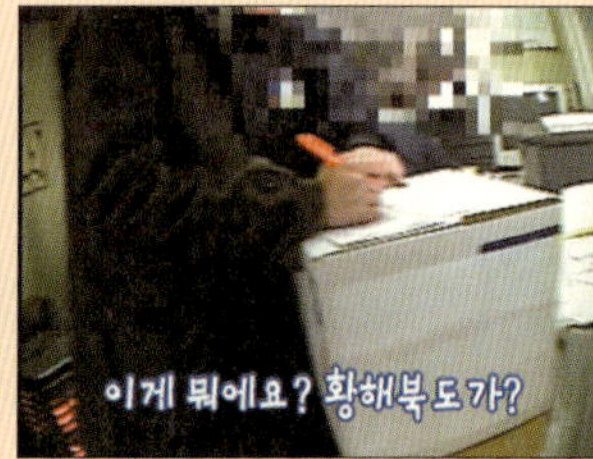


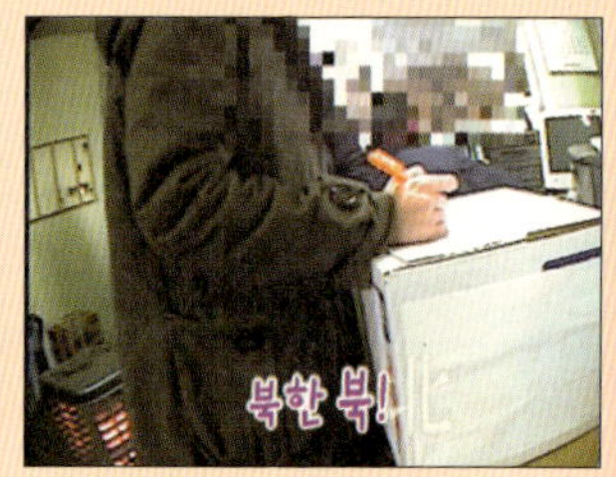


직원 : 북한이면 못 가요.

PD : 아… 일반인은 보낼 수가 없어요?

대신걸 : 그럼 어떻게 해야 돼요?

직원 : 모르죠.

대신걸 : 여기서는 안 되는 거예요?

직원 : 여기는 국내 택배입니다. 황해북도에 어떻게 보내는지는 몰라요.

대신걸 : 받을 분이 되게 유명한 가수시거든요. 민요 가순데 되게 멋있어요. 꺾임도 예술이에요.

뻔뻔한 연기를 마친 대신걸 택배회사를 나왔다.

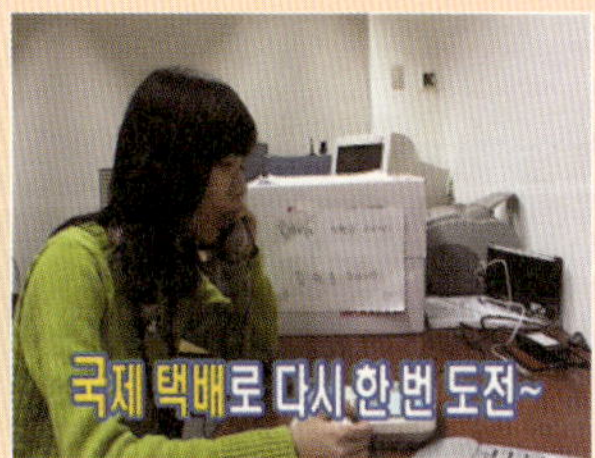

어쨌든 북으로 택배 보내기는 실패!
국제 택배로 다시 한 번 도전해 보자.

북으로 택배 보내는 비용이 8만 4천 700원?

**결론**

국제 택배를 이용하면 북한으로 물건을 보낼 수 있다.

# item 25



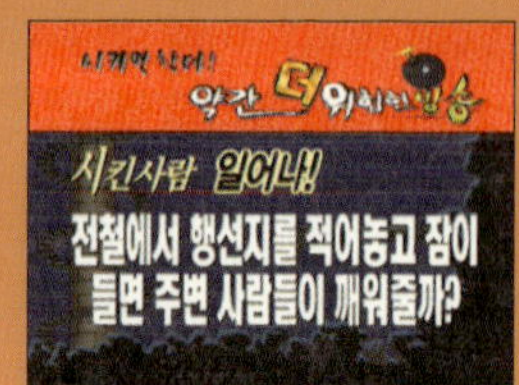


**시킨 일** 전철에서 행선지를 적은 종이를 갖고 잠이 들면 목적지에 도착했을 때 주변 사람들이 깨워 주는지 실험해 주세요.

전철을 타기 위해 당산역에 도착한 대신맨.

오늘의 행선지 : 당산역 ⇒ 충정로역.

전철이 들어오고 탑승했지만 앉을 자리가 없다.

앗, 이때 빈자리 발견!

허겁지겁 뛰어가 자리를 잡고는 무언가 열심히 적는다.

주변 사람들이 힐끔힐끔 보기 시작하지만 주위의 시선을 아랑곳하지 않고 뭔가를 적는 대신맨.

행선지를 적은 종이를 몸에 붙이고 바로 잠자는 연기 돌입.

어이없어 하는 아저씨, 끝까지 시선을 떼지 못 한다.

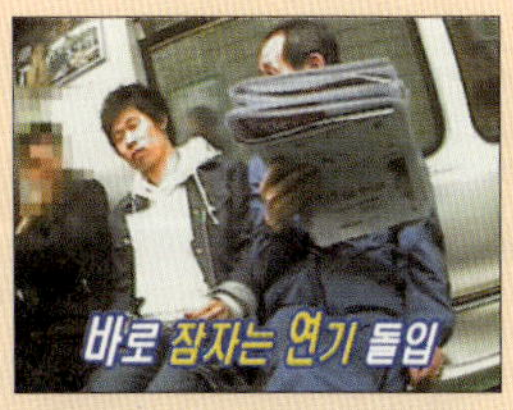


**아저씨** : 쟤 좀 봐.

희한한 듯 유심히 바라보는 아저씨 옆에서 여학생은 아예 무관심.

이때 충정로에 도착.

**아저씨** : 충정로!
**대신맨** : 충정로예요? 감사합니다.

유심히 바라보던 아저씨가 깨워줬다.

**결론**

전철에서 행선지를 적어놓고 자면 주변의 누군가가 꼭 깨워준다.

# item 26

시킨 사람 : 살려줘

**시킨 일** 오리털 점퍼는 무척 가볍다. 그렇다면 물에 빠졌을 때 구명조끼 역할을 할 수 있는지 실험해 주세요.

썰~렁한 한강.

한강을 바라보고 있는 한 남자.

"아~ 이건 아닌데… 이건 아닌데…."

대신맨이 오늘 임무 앞에서 고민을 한다.

그래도 대신맨은 시키면 한다!

일단 살기 위해 준비운동부터 시작.

과연 오리털 점퍼가 물에 뜰 수 있을 것인가?

엇, 이 사람들은?

구조요원 긴급 투입.

대신맨을 기다리는 차가운 한강.

드디어… 간다!

그러나 대신맨은 차마 물속으로 뛰어들지 못하는데…

살기 위한 몸부림이 처절하다.

자, 다시 간다. 이번엔 진짜!

풍~덩.

PD : 어 뜬다. 떴지?

작가 : 네, 떴어요. 떴어~.

진짜 구명조끼처럼 떠 있다.

이때 나타난 어설픈 구조요원이 대신맨을 긴급 구조.

낚시에 걸린 고기처럼 끌려가는 대신맨.

덜~덜~덜~덜~

**결론**

오리털 점퍼도 잠깐 동안은 물에 뜰 수 있다.

# item 27

시킨 사람 : 싸쥐부2

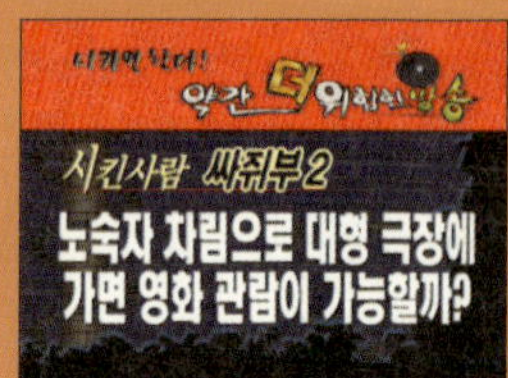


**시킨 일** 노숙자들은 아무래도 행색이 더럽고 초라하다. 그런데 그들이 돈을 내고 표를 사면 영화관에서 영화를 볼 수 있을까?

대신맨, 노숙자로 변신 완료.

영화관으로 가는 길을 물어보자 외면하는 사람들.

슬슬 대형 극장에 도착한 뒤, 예매를 위해 번호표를 뽑고, 영화를 고르던 중 대신맨을 지켜보고 있던 안전요원 등장.

대신맨이 눈치 채지 못하게 어딘가에 연락을 한다.

딩동!

이제 대신맨 차례.

별 무리 없이 예매를 하는 대신맨, 친절하게 예매를 도와주는 직원까지 있다.

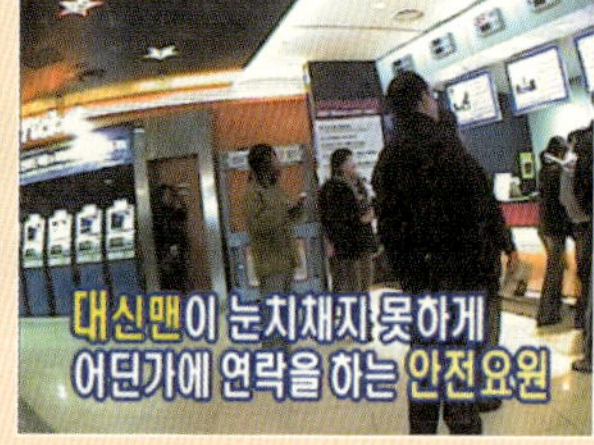

그런데 계속 대신맨의 주위를 맴도는 안전요원.

노숙자 차림으로 티켓을 사는 데 성공은 했지만 왠지 안전요원이 대신맨과 함께 계속 동행하고 있다.

대기 장소까지 안내해 주고는 대신맨의 행동을 관찰하면서 수시로 연락을 취한다.

대신맨이 빈 자리를 찾아 앉을 때까지 계속해서 대신맨을 주시하는 안전요원.

드디어 영화 관람을 위해 입장하는 순간까지 안전요원이 따라 붙는다.

안전요원과 함께 대형 영화관 입장 성공.

그러나 곧 영화관을 빠져나온 대신맨.

**대신맨** : 사람들이 옆에 있다가 불쾌하다는 식으로 가더라고요. 기분 나빠서 영화 보다가 그냥 나왔거든요. 환불은 안 돼요? 영화 광고만 보다가 나왔는데?

**영화관 직원** : 영화 시작하고 나서는 환불이 안 되는데요.

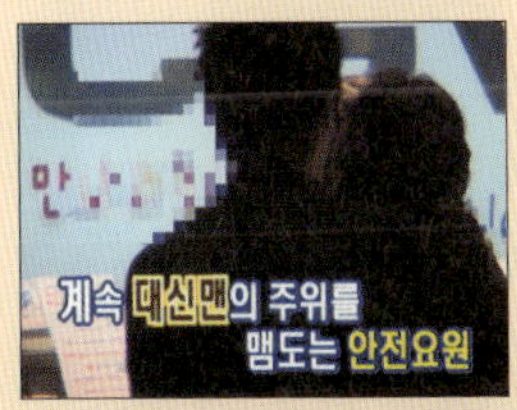


**대신맨** : 제가 그렇게 비호감인가요?

**영화관 직원** : …….

**결론**

안전요원이 동행한다면 노숙자 차림으로도 대형 영화관 입장이 가능하다.

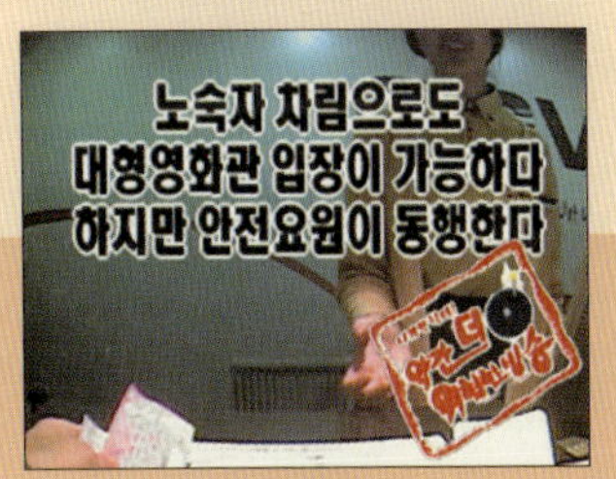

# item 28

시킨 사람 : 쓰래빠와난닝구

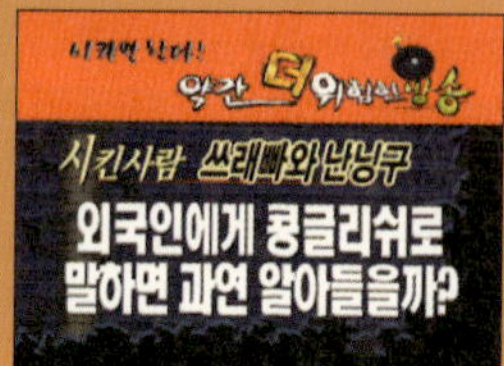


**시킨 일** 외국인에게 콩글리시로 말하면 대충은 알아듣는지 아니면 아예 못 알아듣는지 궁금합니다. 한번 해보세요.

대신맨, 오늘은 외국인과의 프리토킹이다.
일단 지나가는 외국인을 불러 세운다.

대신맨 : 익스큐즈 미. 웨얼 아 유 프럼?

외국인 : 러시아.

대신맨 : 두유 스피크 잉글리시? 잉글리시 스피크 언더스탠드 예스, 낫 언더스탠드 노. 마이 스토리 스피크 나우, 스타트! 예스터데이, 사커 헬스 베리 하드. 마이 바디 추리닝, 난닝구 워터… 사커 아이엔지, 머리 헤드 뱅뱅, 오바이트, 텔레폰, 아르바이트….

끝없이 이어지는 대신맨의 콩글리시에 갈수록 표정 굳어지는 외국인.

외국인 : 80%.

대신맨 : 80% 언더스탠드? 감사합니다~

애써 표정을 감추고 사라지는 외국인들. 대신맨의 콩글리시가 80%나 먹히다니!

또 다른 외국인에게 프리토킹을 시도해 본다.

대신맨 : 제가 무슨 말 하는지 이해하세요?

외국인 : 네, 그런데 동사 부분이 많이 취약합니다.

**결론**

외국인에게 콩글리시로 말을 하면 의외로 많이 알아듣는다.

# item 29

시킨 사람 : 무전취식

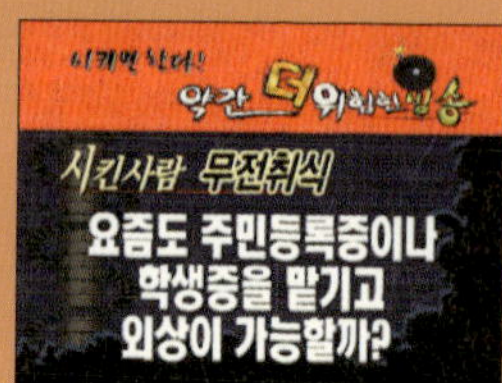


**시킨 일**   예전에 학교 다닐 때 돈이 없으면 학생증을 맡기고 외상을 하곤 했는데, 요즘도 가능한지 실험해 주세요.

식당에 가서 먼저 자리 잡고 앉은 대신맨.

돈도 없으면서 무작정 먹기 시작했다.

맛있게도 먹는다.

드디어 다 먹었다.

그렇다면 계산은?

**대신맨** : 제가 돈을 못 가져 왔거든요. 그래서 신분증을 맡기고 외상을 할 수 없을까요?

**종업원** : 저도 그렇게 하고 싶은데 사장님이 안 계셔서….

**대신맨** : 신분증을 맡기는데도 안 되나요?

**종업원** : 예전에 제가 신분증을 받았는데 안 찾아 가시더라구요.

대신맨 : 아, 다른 사람들이 신분증을 맡겼는데 안 찾아가요?

종업원 : 네. 그럼 핸드폰까지 맡기고 가시면 어떨까요?

대신맨 : 핸드폰까지?

종업원 : 어차피 찾아 가실 거니까.

대신맨 : 그렇기야 하죠.

핸드폰과 학생증을 맡기고 상황 종료!

**결론**

요즘은 신분증과 핸드폰까지 맡겨야 외상이 된다.

# item 30

시킨 사람 : 강은미

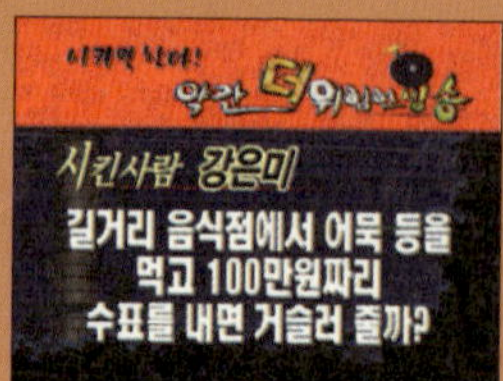


**시킨 일** 노점에서 어묵이나 튀김을 먹고 100만 원짜리 수표를 내 면 거슬러 주는지 실험해 주세요.

대신맨, 노점을 찾아 들어가 어묵을 하나 먹었다.

100만 원짜리 수표를 내자 황당해 하는 주인.

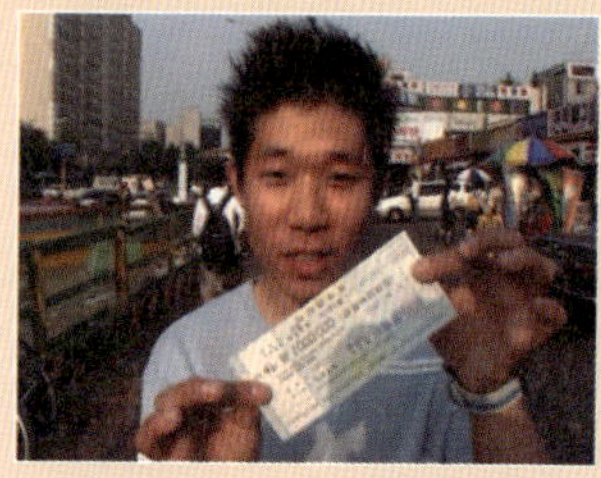  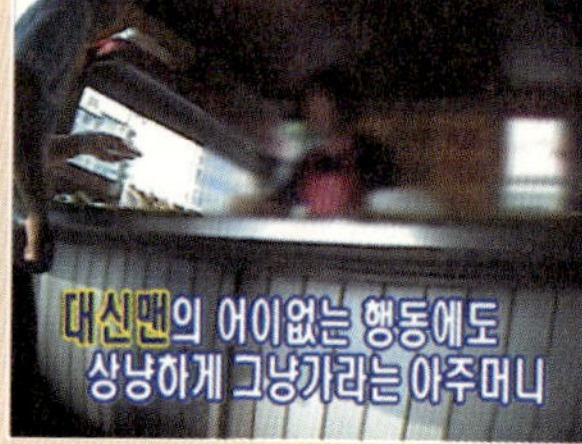


**주인 아주머니** : 그걸 주면 내가 어떻게 해?

**대신맨** : 안 되나요?

**주인 아주머니** : 당연히 안 되지. 100만 원이 내가 어디 있어?

대신맨의 어이없는 행동에 상냥하게 그냥 가라는 아주머니.

이번에는 다른 노점을 가보았다.

어묵을 한 개 먹는 동안 친절하게 말을 거는 주인 아주머니.

대신맨 : 어머니, 제가 수표라서….

갑자기 얼굴 표정이 바뀌는 주인 아주머니.

주인 아주머니 : 이런 데 와서 무슨 수표를 내! 바꿔 와.

대신맨 : 이게 100만 원짜리라서….

100만 원짜리라는 말에 더 화를 낸다.

주인 아주머니 : 무조건 먹으면서 그러면 되겠어?

주인 아주머니, 극도로 화났다. 결국 대신맨이 사과하고 나왔다.

대신맨 : 100만 원짜리로는 안 되는구나.

주인 아주머니 : 저런 놈들은 계획적으로 저래!

**결론**

노점에서 100만 원권 수표를 사용할 수는 없다.

# item 31

시킨 사람 : 이레스

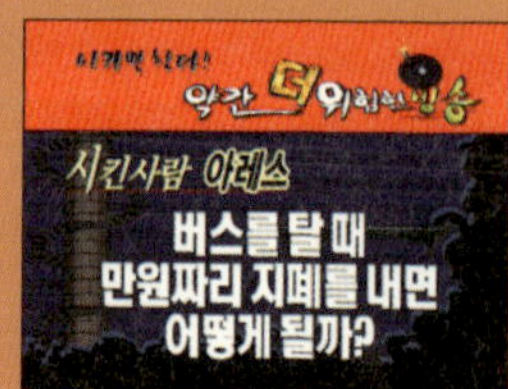


**시킨 일** 버스를 탈 때 요금을 넣는 통에 모르고 만 원짜리를 넣으면 어떻게 되는지 실험해 주세요.

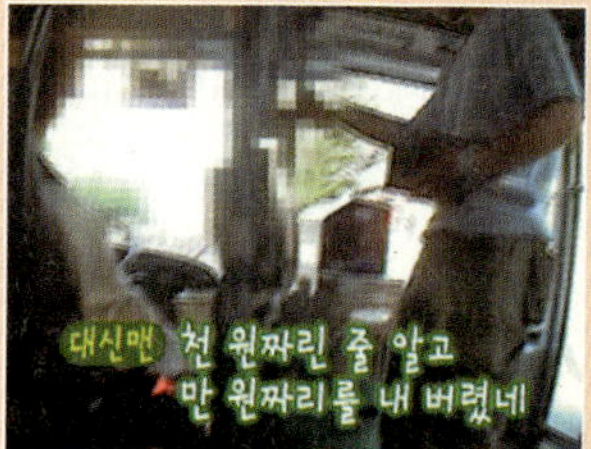


대신맨, 아무 버스나 올라타고는 요금 넣는 통에 만 원짜리를 슬쩍 집어넣었다.

대신맨 : 아이고, 천 원짜린 줄 알고 만 원짜리를 내버렸네.

능청스럽게 연기도 잘한다.

버스기사 : 나도 막았어야 하는데 눈 깜짝할 사이에 들어가 버리니까….
대신맨 : 어떻게 해요?
버스기사 : 지금은 돈을 줄 수가 없어요. 회사에 가세요.

회사로 찾아 가는 제일 빠른 경로를 알려주면서 친절하게 적어 주기까지 한다.

버스기사 : 영업과에 얘기해 놓을 테니까 잔돈을 찾아 가세요.

대신맨 : 여기에서 100원짜리로 다 받아가는 사람은 없습니까?

버스기사 : 없어요. 그렇게 다 빼고 나면 동전이 모자라요.

대신맨 : 종종 이렇게 넣는 사람도 있죠?

버스기사 : 술 드신 분들이 가끔….

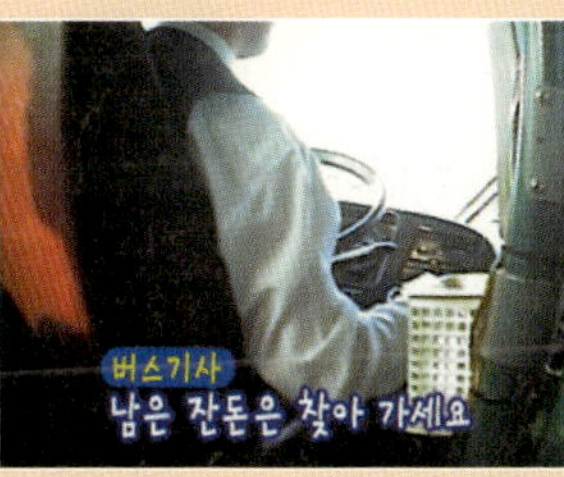


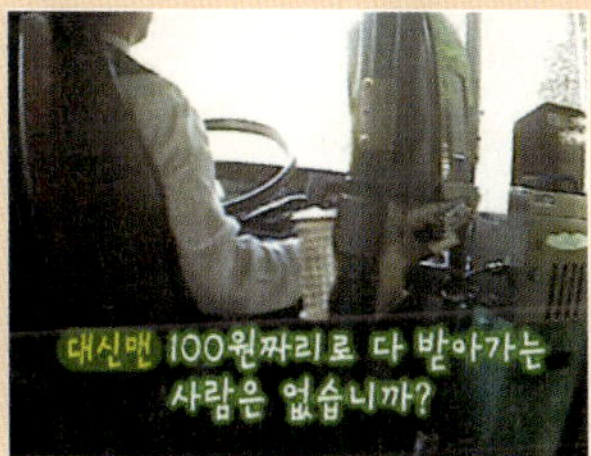

대신맨 : 술 드신 분들도 다 찾아가시고 그래요?

버스기사 : 네. 잔돈이라도 있으면 내가 주겠는데 지금 없어서….

마지막까지 친절하게 챙겨 주는 버스기사.

**결론**

버스 요금을 제외한 나머지 돈은 종점에서
받거나 계좌로 보내 주기도 한다.

# item 32

시킨 사람 : 동의보감

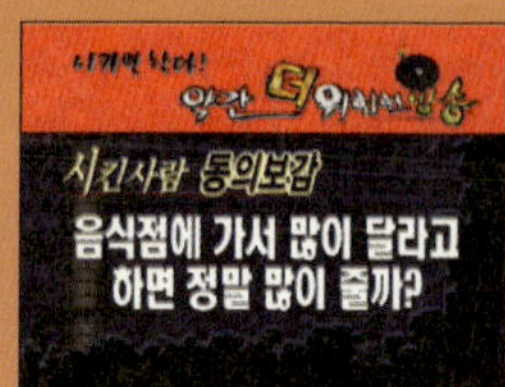


**시킨 일** 음식점에 가서 주문을 하면서 '많이 주세요' 라고 하는 사람들이 있다. 그러면 진짜 많이 줄까?

첫 번째 실험 장소는 중국집.

능청스럽게 자장면을 주문하면서 많이 달라고 말하는 대신맨.

과연 그냥 달라고 했을 때와 많이 달라고 했을 때 양의 차이가 얼마나 나는지 비교해 보자.

기다리던 자장면이 나왔다.

보통 자장면과 많이 달라고 한 자장면.

과연 두 자장면에는 어떤 차이가 있을까?

보통 자장면의 무게는 1.1kg, 많이 달라고 부탁한 자장면의 무게는 1.2kg!

100g이 더 많이 나왔다.

두 번째 실험 장소는 삼겹살집.

1인분의 양을 미리 확인하는 조PD.

삼겹살을 주문하면서 많이 달라는 부탁을 잊지 않았다.

주문한 삼겹살이 나왔다.

3인분 삼겹살의 무게를 재는 조PD.

1인분 = 200g이니 3인분 = 600g이 되어야 한다.

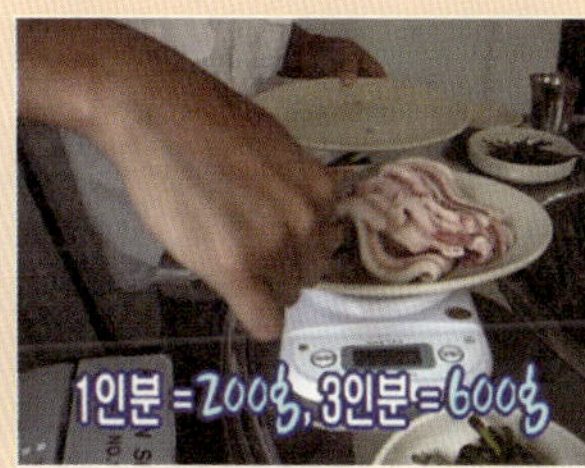


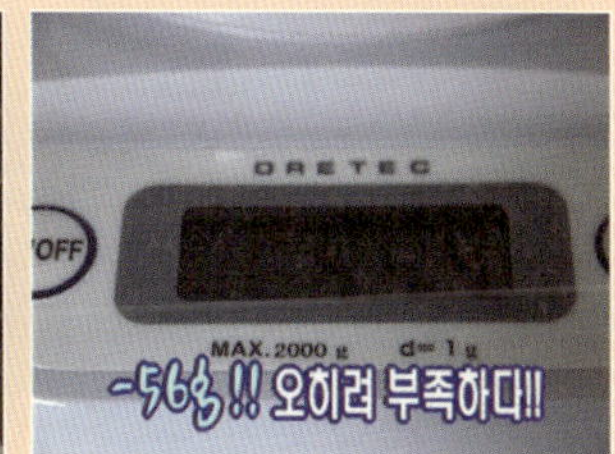


그런데 앗, 544g?

−56g!

오히려 부족하다.

이럴 수가….

**결론**

많이 달란다고 해서 모두 많이 주지는
않는다.

시키면 한다!
약간 더
위험한 방송
경악실험

# 닭에게 닭고기를, 개에게 개고기를 주면 먹을까?

시킨 사람 : HotDog

■ **시킨 일** : 닭에게 닭고기를 주고, 개에게 개고기를 주면 과연 동족의 고기를 먹는지 실험해 주세요.

실험을 위해 준비한 메뉴는 닭튀김!

닭고기가 담긴 접시를 주인이 우리에 넣어주자 수상한(?) 접시에 관심을 보이며 모여드는 닭들.

그러나 30분이 지나도록 먹지 않는다. 무관심의 절정!

결국 닭은 닭고기를 먹지 않았다.

두 번째, 개에게 개고기를 먹여보는 실험!

오늘의 실험견! 부드러운 카리스마의 누렁이~

누렁이 앞에 영양탕(?)을 준비하는 조PD.

그러나 30분 동안 목이 터져라 짖기만 하는 누렁이.

1차 도전은 실패.

2차 도전자로 검둥이 당첨.

영양탕을 내려놓자마자 관심을 보인다.

맛을 보더니 정신없이 먹어치우는데…

잠시 후 그릇 확인, 완전 깨끗!

 **결론** 동족을 먹는 동물도 있다.

# 전자레인지에 부탄가스를 넣고 돌리면 어떻게 될까?

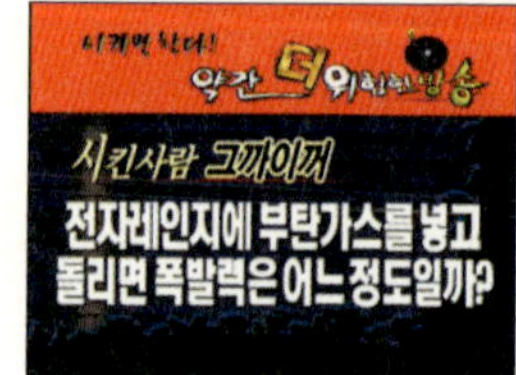


시킨 사람 : 그까이꺼

■ **시킨 일** : 전자레인지에 부탄가스를 넣고 돌리면 폭발력이 어느 정
도나 되나요?

오늘의 실험 대상은 전자레인지.

폭발 실험을 하기 위해 제작진이 분주하다.

드디어 전자레인지에 부탄가스를 넣고, 부리나케
도망가는 제작진.

과연 부탄가스와 함께 남은 전자레인지의 운명은
어떻게 될 것인가?

**차PD** : 터질 때가 됐는데….

반 / 응 / 없 / 음

3분 경과, 아무 이상 없음.
5분 경과, 역시 아무 이상 없음.
10분 경과, 그래도 아무 이상 없음.

슬슬 춥고 지겨워지는데….

12분 경과, 꽝!

터졌다!

정확히 12분 30초 만에 전자레인지가 터져 버렸다.
산산 조각난 전자레인지의 잔해가 처참하다.

**결론**  전자레인지에 부탄가스를 넣고 돌리면 10분이후 폭발해 버린다.

# item 3

## 자동차의 뒷바퀴 하나를 빼고 달리면 어떻게 될까?

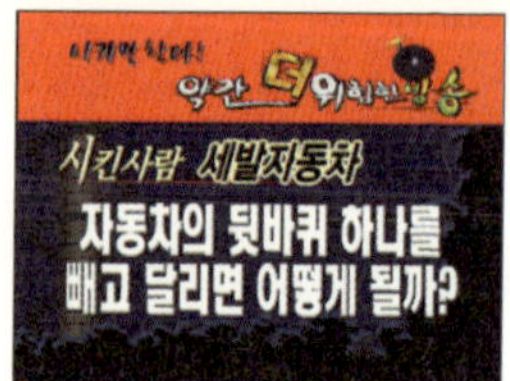


시킨 사람 : 세발자동차

■ **시킨 일** : 자동차의 네 바퀴 중 뒷바퀴 하나를 빼고 달릴 수 있는지 실험해 주세요.

실험을 위해 공터를 찾은 제작진.

친절한 폐차장 사장님의 도움으로 고물 차 하나를 얻은 뒤 뒷바퀴 하나를 제거했다.

완전 바닥에 닿은 자동차 몸체, 저게 과연 굴러가기는 할까?

뒷바퀴 없는 자동차에 탑승.
주행 START!

예상외로 잘 굴러가는 자동차. 조PD, 여유도 부려본다.

조PD : 아~ 겁나 재밌는데요.

질질 끌려 다니는 자동차, 굉장히 요동도 심하다.
그렇다면 커브길에서는?
원심력 때문에 붕~ 떠오른 자동차.

조PD : 떴어요?
김PD : 응, 떴어.

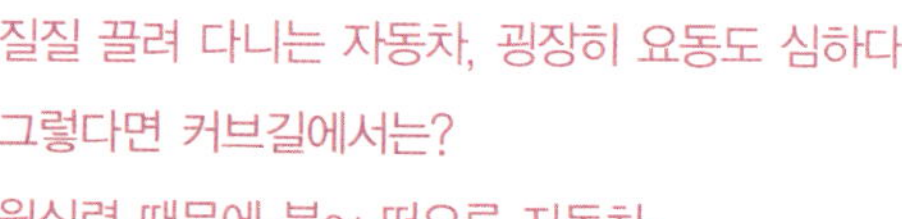

조PD : 커브 돌 때는 좀 뜨네.

김PD : 달릴 만해?

조PD : 무서워요.

가까이에서 촬영하기 위해 접근 시도.
역시 계속 끌려 다니는 자동차.

조PD : 가긴 가는데 길바닥이 장난이 아니겠다.

김PD : 땅이니까 이렇지. 아스팔트 같은 길이면 불꽃도 많이 튀고
파손될 것 같아.

 **결론** 자동차 뒷바퀴 하나를 빼고도 달릴 수
있다. 단, 위험하다!

# item 4

## 높은 곳에서 닭을 떨어뜨리면 날 수 있을까?

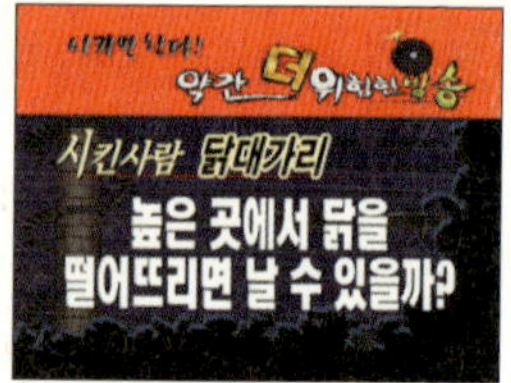


시킨 사람 : 닭대가리

■ **시킨 일** : 닭도 날개가 있는데, 날아오르지는 못하더라도 높은 곳에서 떨어뜨리면 날 수 있지 않을까요?

실험을 위해 튼실한 토종닭을 고르기로 하고, 수탉과 암탉 각 한 마리씩 선발 완료!

아파트 12층에 올라왔다.
이제 떨어뜨릴 일만 남았다.
날개 펼칠 준비 완료.

첫 번째, 암탉 도전!
던 / 졌 / 다

나름대로 날갯짓을 해보지만 바로 수직 낙하하는 암탉.

꽝!

상상하지 마십시오.
다행히 목숨은 건졌습니다.

두 번째, 수탉 도전!
과연 수탉은 날기에 성공할 수 있을까?

힘찬 날갯짓을 하는 수탉.
분명 날고 있다?

꽝!

인근 주택 지붕에 추락한 수탉의 운명은?

조PD : 살았어?
김PD : 살았지?
대신맨 : 살았어.

멀쩡히 살아 있다!

수탉에게 접근을 시도하는 대신맨.
깜짝!
유난히 닭을 무서워하는 사람이라 수탉의 기에 바로 눌렸다.

 **결론** 한국 수탉의 힘은 대단하다!

# item 5

## 휘발유에 소화기 분말을 섞으면 불이 붙을까?

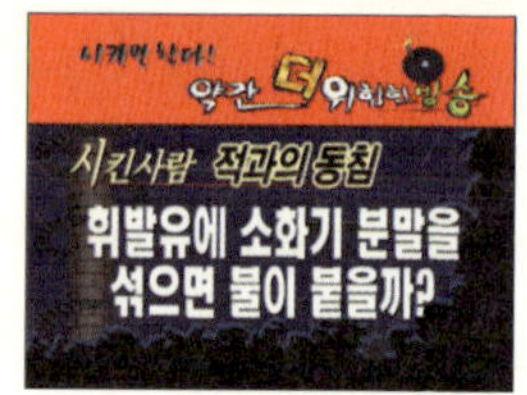



시킨 사람 : 적과의동침

■ **시킨 일 :** 불이 잘 붙는 휘발유에다 불을 끄는 역할을 하는 소화기
분말을 섞으면 불이 잘 붙을까, 안 붙을까?

실험을 위해 한적한 벌판을 찾은 제작진.

소화기 VS 휘발유, 과연 누가 이길까?

소화기 분말을 모으고 휘발유를 붓자 뻘겋게 변했다.

과연 불이 붙을 것인가.

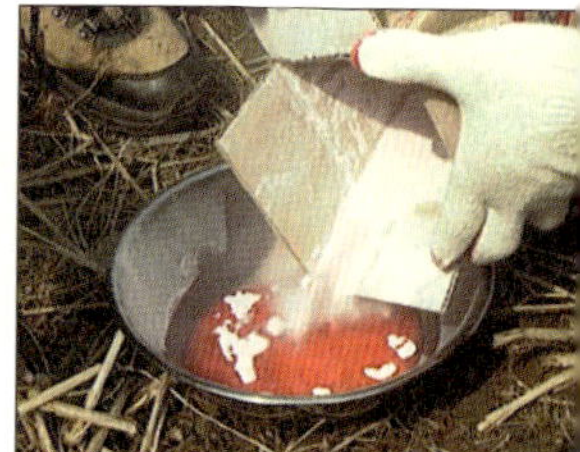

불을 당기자 헉, 쉽게 불이 붙는다.

소화기 분말이 적었다는 분석에 따라 다시 분말을 팍팍 붓자 밀가루 반
죽처럼 변했다.

이번에도 불이 붙을까?

역시 너무 쉽게 불이 붙는다.

아예 통째로 소화기 분말을 붓자 휘발유는 보이지도 않는다.

이번에도 불이 붙을까?

붙 / 었 / 다

황당한 상황.

너무 어이없어 하는 이PD.

**결론** 휘발유에 소화기 분말을 아무리 섞어
도 불은 붙는다.

# item 6

## 사람을 땅에 묻으면 정말 빠져나오지 못할까?

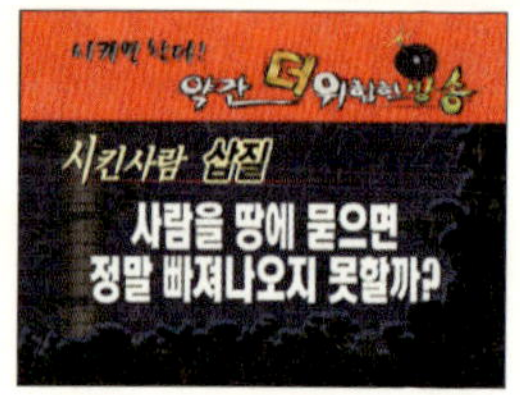



시킨 사람 : 삽질

■ **시킨 일** : 영화에 보면 사람을 땅에 묻는 장면이 나온다. 실제로 사람을 땅에 묻으면 빠져나오지 못할까?

사람 묻을 구덩이를 파는 병장 출신 막내 김PD.

예비군인 차PD와 조PD, 민방위인 카메라감독 등 역전의 용사들도 똘똘 뭉쳤다.

마무리는 역시 팔팔한 막내가 깔끔하게!

김PD : 한번 땅에 묻혀보겠습니다.

편안하게 자세를 잡고, 드디어 파묻기 시작!
신났다, 우리 막내.

김PD : 흙의 압박감이 장난이 아니야.

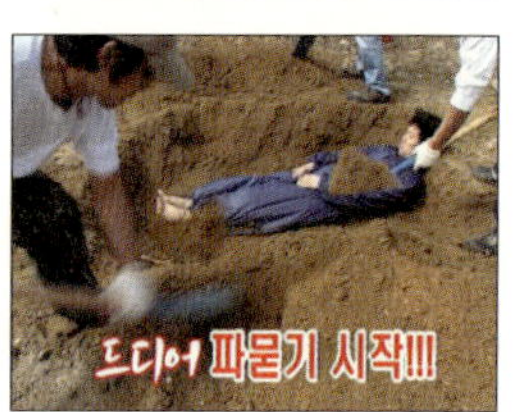



들은 체도 하지 않는 제작진

김PD : 발이 시려워. 발 좀 묻어줘. 아, 옴짝달싹을 못하겠네.

조PD : 숨쉬기는 어때? 불편해?

김PD : 아직까지는 참을 만합니다.

조PD : 흙 더 올려!

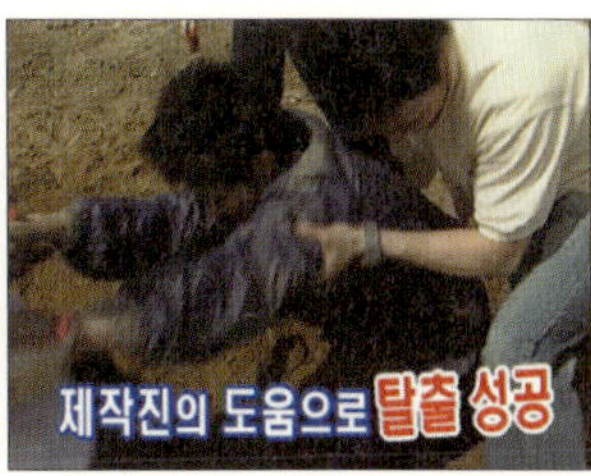


꼭꼭 다져주는 차PD의 센스.

김PD : 차PD님, 앞으로 열심히 하겠습니다.

대충 생매장 완성!

10분이 경과하자 조금씩 어깨 부분이 드러나기 시작했다.
15분이 지나자 상체가 조금씩 움직여지고, 20분이 경과하자 드디어 손을 빼냈다. 손이 나왔으니까 탈출은 시간 문제.
드디어 제작진의 도움으로 탈출 성공.

 **결론** 사람을 어설프게 땅에 묻으면 탈출할 수도 있다.

# 커피 배달 온 다방 종업원에게
# 티켓을 끊자고 하면 끊을까?

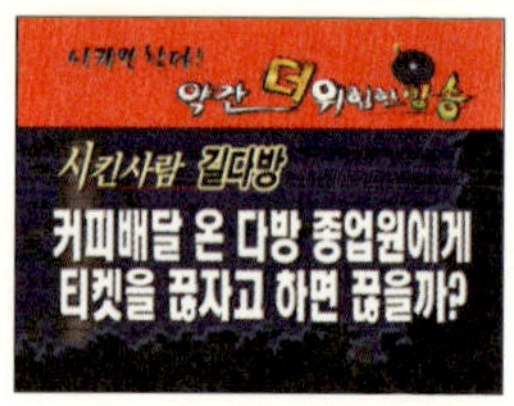


시킨 사람 : 길다방

■ **시킨 일 :** 커피를 배달 온 다방 종업원에게 티켓을 끊자고 하면 요즘도 그렇게 해주는지 실험해 주세요.

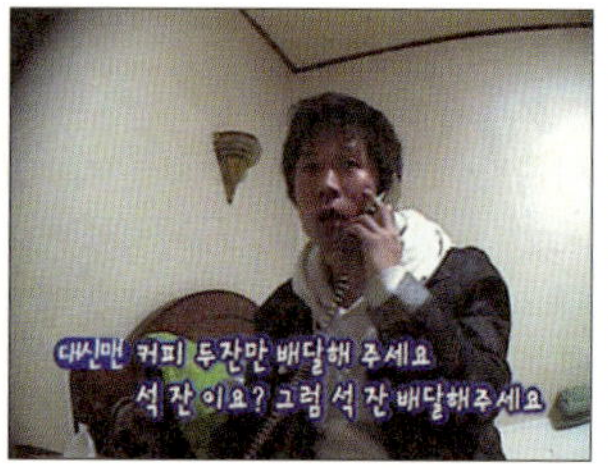

다방 티켓을 끊기 위해 모텔로 들어가는 대신맨.
커피를 시키기 위해 다방에 전화를 걸었다.

대신맨 : 커피 두 잔만 배달해 주세요. 석 잔이오? 그럼 석 잔 배달
해 주세요.

배달은 3잔부터란다.
똑똑!
드디어 다방 종업원 도착.
다짜고짜 티켓을 끊자고 했으나 바로 거절당했다.

종업원 : 영업 끝났죠. 11시면 마감인데….
대신맨 : 아… 11시면 끝?

**대신맨** : 여기 티켓도 끊어요?

**종업원** : 하긴 하는데, 한 시간에 2만 원이에요.

**대신맨** : 티켓 끊으면 티켓을 주는 거예요?



**대신맨** : 밤에는 티켓 못 끊어요?

**종업원** : 늦은 시간에는 잘 안 나오려고 해요. 아침에 늦게 일어나면 지각비 물어야 되잖아. 지각비가 만 5천 원이야.

**대신맨** : 아, 그렇구나.

**종업원** : 내가 여기 오기 전에 전라도에 있었는데 거기는 티켓이 한 시간 당 8만 원이야. 하루 티켓 끊는 게 35만 원이고.

**대신맨** : 내가 지각비까지 주면 티켓 끊을 수 있어?

**종업원** : (고개를 절레절레 흔들며) 안 돼.

**대신맨** : 다른 다방은 티켓 돼?

**종업원** : 티켓? 그렇겠지.

그러나 다시 거절하는 다방 종업원.
급기야 대신맨의 나이까지 의심하기 시작했다.

대신맨 : 얼굴만 덜 성숙했지, 다른 데는 다 성숙했어.
종업원 : 다른 데 어디?
대신맨 : 다리털!
종업원 : 푸하하.

대신맨이 끈질기게 티켓을 끊으려고 노력해보지만, 늦은 시간에 티켓 끊는 걸 부담스러워 하는 다방 종업원은 계속 거부했다.
결국, 티켓 끊기 실패!

**결론** 요즘도 다방 티켓 영업이 있다.
그러나 때를 못 맞추면 거절당한다.

# item 8

## 출장 이벤트는
## 뭘 어떻게 하는 걸까?

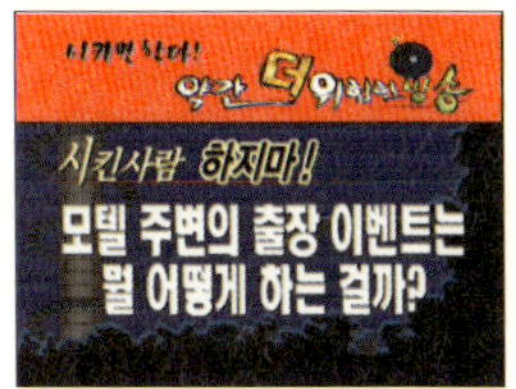


시킨 사람 : 하지마

■ **시킨 일** : 모텔이나 유흥가 주변에 보면 '출장 이벤트'라고 적힌 광고가 많이 보이는데요, 어떤 이벤트를 해주는 건지 실험해 주세요.

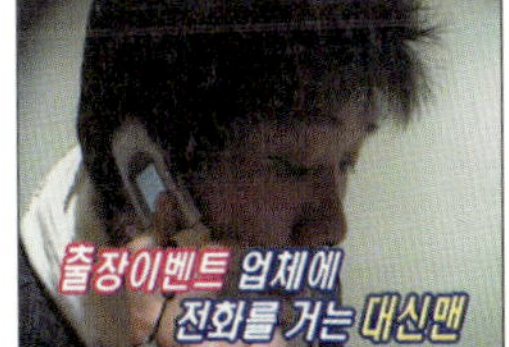


흔히 볼 수 있는 출장 이벤트 광고. 과연 어떤 이벤트를 하는 곳인지 확인해 보는 것이 오늘의 임무!
출장 이벤트 업체에 전화를 거는 대신맨.
이벤트 비용 = 13만원, 출장 여성 나이 = 24세, 이벤트 시간 = 1시간, 상큼한 걸 당첨!

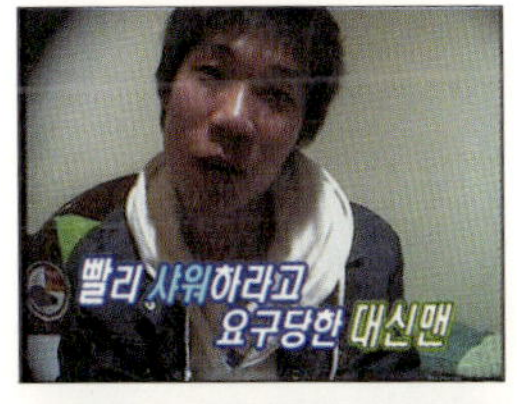


**대신맨** : 엥? 샤워하고 있으라고?

빨리 샤워하라는 요구에 어리둥절한 대신맨.
얼마 후 출장 이벤트 도착.

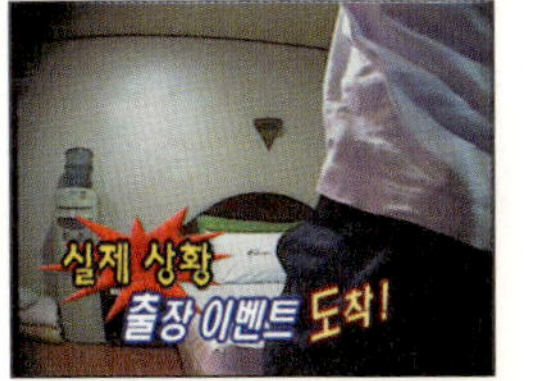


**대신맨** : 왜 이렇게 늦어요?
**여자** : 멀어요, 좀….
**대신맨** : 출장 이벤트잖아요. 무슨 이벤트에요?
**여자** : (어이없어 하며) 이벤트 아니에요. 제목이 이벤트예요.
**대신맨** : 이벤트라고 해서 나는 꼭짓점 댄스 이런 거….
**여자** : (더욱 어이없어 하며) 춤춰요?

갑자기 불을 꺼버리는 출장 여성.

여자 : 빨리 하자. 옷 벗어.

대신맨 : 잠깐.

여자 : 빨리 하자. 옷 벗어.

대신맨 : 왜 이렇게 빨리?

여자 : 일단 벗으라고!

출장 여성의 끈질긴 요구에 일단 바지를 벗은 대신맨. 끝까지 대화를 유도해 보는데….

여자 : 지금 얘기하러 온 거 아니잖아.

대신맨 : 어차피 한 시간 있다가 가면 되는 거 아니야?

여자 : 참 나….

대신맨 : 정확히 무슨 이벤트죠?

여자 : 안마해 주고, 같이 하는 거야.

대신맨 : 누가 데려다 줬어?

여자 : 응.

대신맨 : 그럼 누가 기다리고 있겠네?

여자가 대신맨에게 짜증을 낸다.

대신맨 : 하고 나서 대화를 하자고?

여자 : 그래.

대신맨 : 대화하고 하면 안 되는 거야?

결국, 대화만 하기로 합의한 두 사람.

대신맨 : 밥도 안 먹었어? 여태껏 일을 하면서?

여자 : 늦게 일어나서 그래.

대신맨 : 몇 시에 일어났는데?

여자 : 오후 5시에 일어났어.

대신맨 : 그래서 몇 시까지 일해?

여자 : 6시.

대신맨 : 새벽 6시?

여자 : 응.

대신맨 : 남자친구 없어?

여자 : 도망갔어.

대신맨 : 도망갔어? 왜?

여자 : 몰라.

시간이 되자 다시 옷을 입기 시작하는 출장 여성.
대신맨, 조금은 아쉬운 듯….

대신맨 : 돈 많이 벌어놨어?

여자 : 아니.

대신맨 : 이제부터 벌려고?

여자 : 응.

대신맨 : 에어로빅 같은 것 해봤어?

여자 : 아니. 하고 싶은데 시간이 안 돼.

이때 내려오라는 전화가 걸려왔다.
그렇게 출장 이벤트 끝!

**결론**  출장 이벤트는 파티 이벤트가 아니라,
안마와 성매매를 뜻한다.

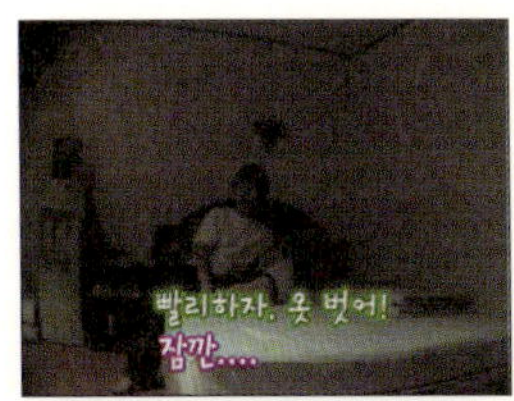

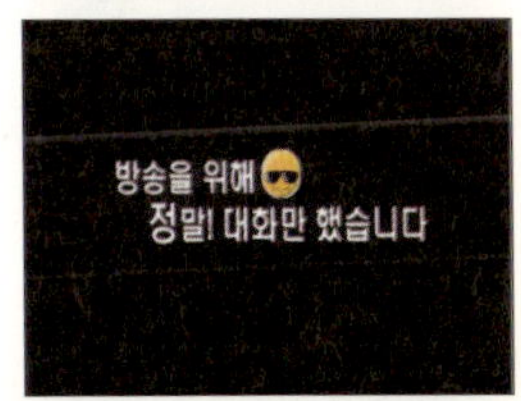

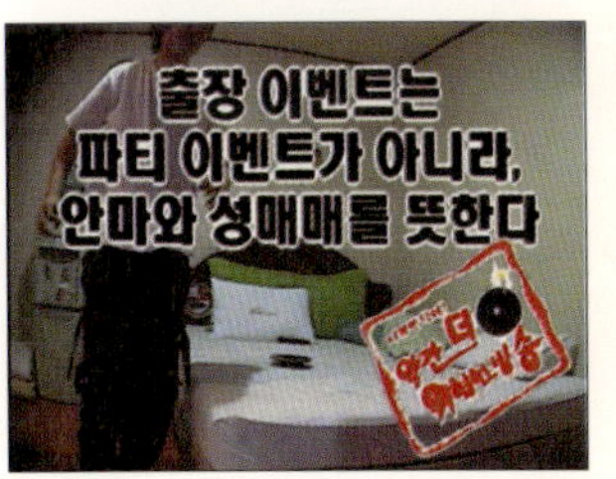

# item 9

## 영화에서처럼 오토바이에 불을 붙이면 금방 폭발할까?

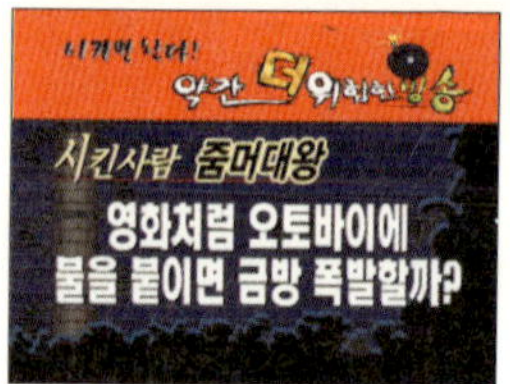


시킨 사람 : 줌머대왕

■ **시킨 일 :** 영화에서 보면 오토바이에 불이 붙은 뒤 금방 폭발하는 장면이 나온다. 현실에서도 그렇게 될까?

오늘의 실험 재료는 멀쩡한 오토바이.
차PD가 시운전해 보는데, 시동도 잘 걸리고 참 멀쩡한 오토바이다.

### 실험1

시동 걸려 있는 오토바이의 연료통에 불 붙여 보기.

연료통 안에 불이 붙어 있는 오토바이.
혹시 모를 폭발에 대비해 멀리 피하는 제작진.
5분 경과, 그러나 시동이 걸려 있는 연료통에 불을 붙여도 별 반응이 없다.

### 실험2

휘발유를 새 나오게 해서 불 붙여보기.

기름이 새 나오게 나사를 풀자 줄줄 새는 휘발유.
일단 땅바닥에 불을 붙이려고 하자 바람이 너무

세서 잘 옮겨 붙지를 않는다.

그래서 그냥 오토바이에 불을 붙이자 활활 타오른다.

무슨 일이 벌어질지 아무도 모르는 상당히 공포스러운 상황.

그러나 3분이 지나도 아무 일도 일어나지 않는다.

조PD : 뭐야, 쉽게 안 터지네.

대신맨 : 야, 영화는 다 뻥이네. 불이 붙었는데도 뭐 터지거나 그런

게 없네.

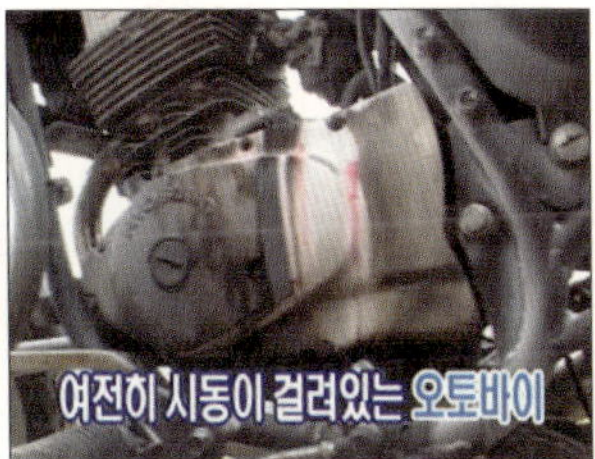


여전히 시동이 걸려 있는 오토바이.

안장을 다시 얹고 주행을 해보는데, 멀쩡하게 잘만 달린다.

 **결론** 오토바이에 불을 붙여도 쉽게 폭발하

지는 않는다.

# item 10

## 술독에 빠지면 술을 마시지 않고도 취할까?

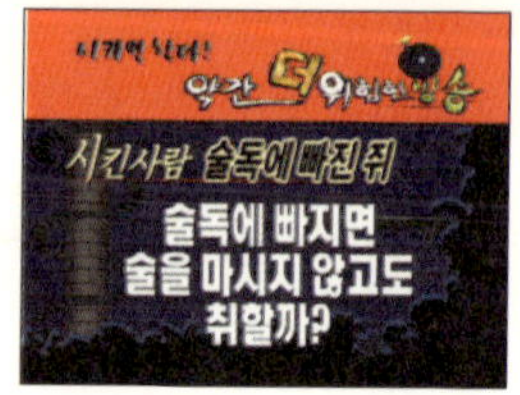


시킨 사람 : 술독에빠진쥐

 '술독에 빠진 것 같다' 는 말이 있는데, 술독에 빠지면 과연 술을 마시지 않아도 취하는 걸까?

오늘의 실험 재료는 술독과 술.

일단 술을 모두 따서 술독에 붓는다.

1.8L 소주 20병 소모.

완성된 술독에 빠져보는 대신맨.

그런데 술독이 좀 작다.

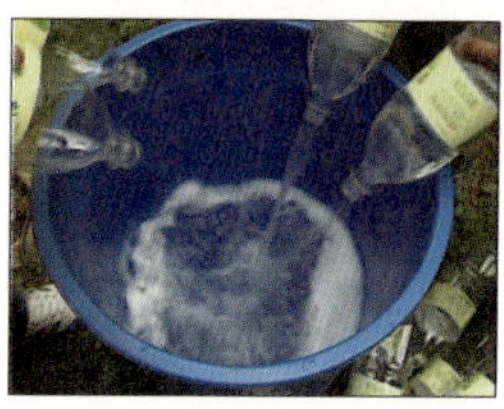

아쉬운 대로 그냥 어떻게 해보기로 한다.

알코올 냄새에 숨을 못 쉬는 대신맨.

그 상태로 5분 경과.

조PD : 어때?

대신맨 : 맨 처음에 들어올 때는 술 냄새가 확 났는데, 지금은 중독됐는지 술 냄새가 안 나네.

조PD : '술독에 빠진다' 라는 말은 일단 머리가 잠겨야 하는 거야. 나와서 머리를 박아 봐.

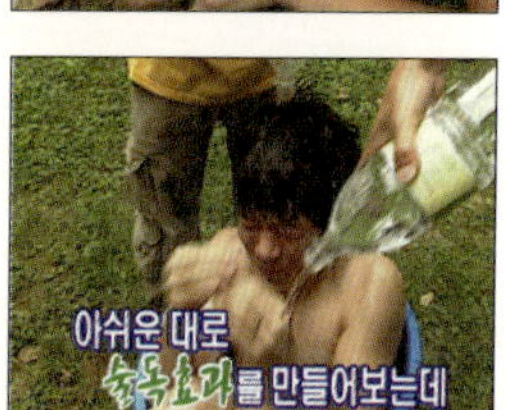

완벽한 재현을 위해 머리를 담그는 대신맨.

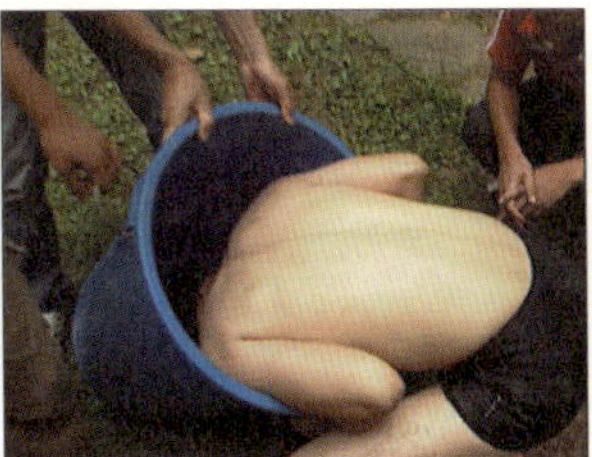

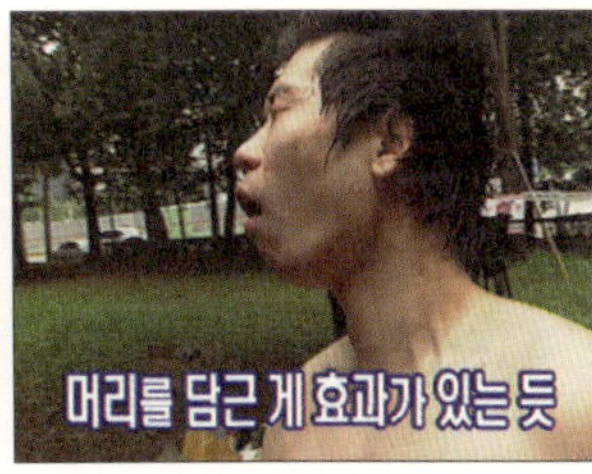


고통스러운 듯 말을 못 한다.

아!
어위!

머리를 담근 것이 효과가 있는 듯하다.

조PD : 이번에는 어때?
대신맨 : 그… 뭐라 그래야 되나… 술의 기운이, 알코올 기가 막 올라와가지고 말도 잘 못하겠고 눈도 제대로 못 뜨겠어요.

10분 후, 말할 때 혀가 꼬이는 대신맨.

**결론** 술독에 오래 빠져 있으면 취할 수도 있다.

# 수박에 고무줄을
# 끼우면 터질까?

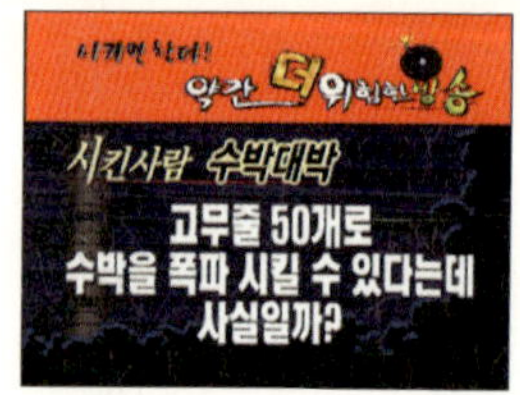


시킨 사람 : 수박대박

■ **시킨 일 :** 수박에 고무줄을 끼우면 터진다는데, 몇 개까지 끼워야
터지나요?

오늘의 준비물은 고무줄과 수박.

조심조심 고무줄을 끼우기 시작한다.

하나씩 끼우기 시작해서 드디어 50개 성공!

그러나 끄떡없는 수박.

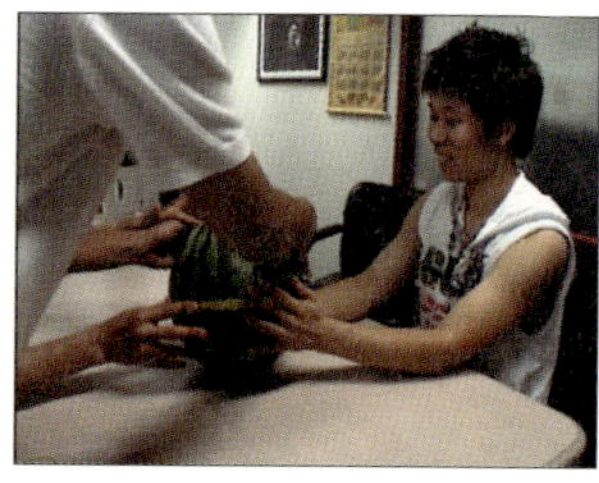

**대신맨 :** 100개, 200개, 300개를 더 끼워도 되겠다.

그래서 더 끼워봤다.

100개, 200개, 300개….

고무줄 300개를 끼우자 찌그러지기 시작하는 수박.

제작진, 달려가서 고무줄을 더 구해왔다.

시키면 한다, 수박이 터질 때까지!

500개 성공.
과연 수박의 운명은?

터졌다!
엄청나게 흩어진 수박의 잔재들….

 **결론** 수박에 고무줄을 500개 이상 끼우면
터져버린다.

# item 12

## 헌혈 후, 빈혈이라며 다시 수혈해 달라고 하면 해줄까?

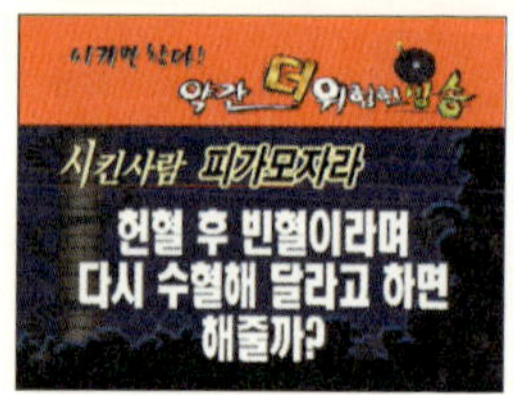


시킨 사람 : 피가모자라

■ **시킨 일** : 헌혈을 한 다음, 빈혈이라 어지럽다고 하면서 다시 수혈
해 달라고 하면 어떻게 될까?

헌혈을 위해 기본 정보를 쓰던 대신맨.
직업을 쓰는 난 때문에 난감….

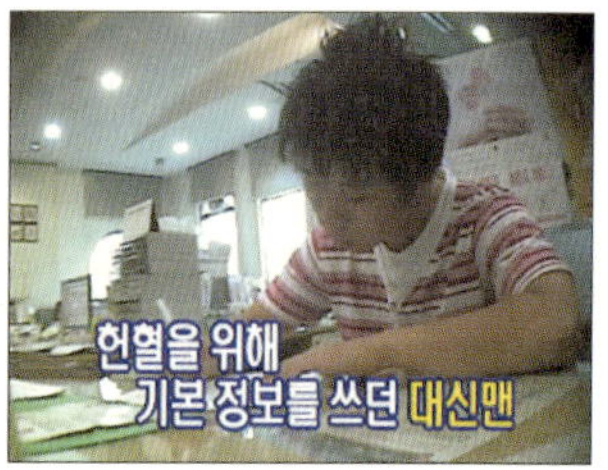

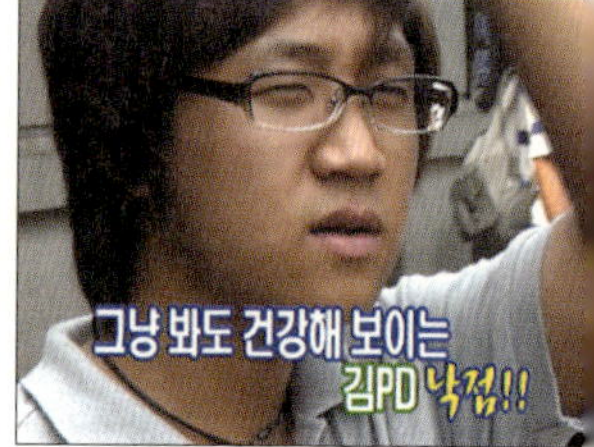


**대신맨** : 나는 직업이 뭐지?

그러나 정작 문제는 대신맨이 B형간염 보균자라 헌혈을 할 수 없다는
사실.
그럼 누가 대신맨을 대신할 것인가.
그냥 봐도 건강해 보이는 김PD 낙점!

위풍당당하게 헌혈의 집으로 향하고 헌혈을 시작했다.
헌혈이 끝나자 대뜸 '빈혈' 이라고 우기는 김PD.

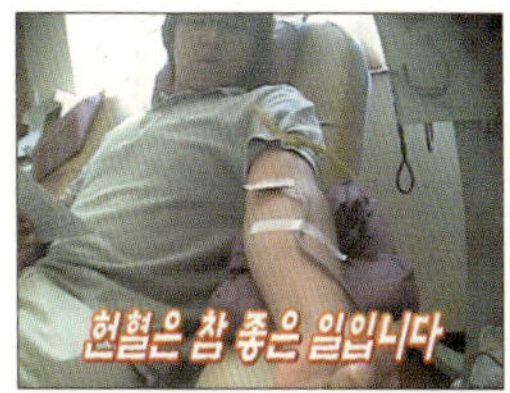


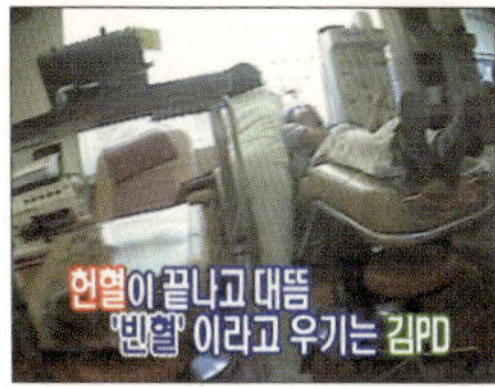


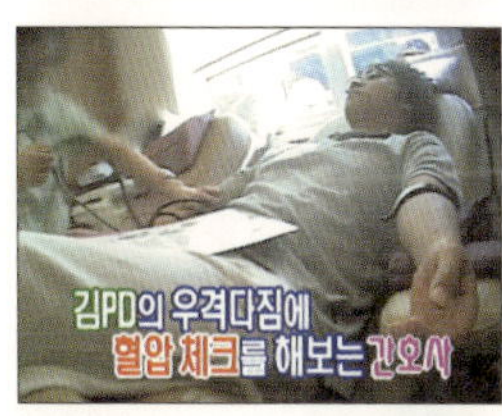

김PD : 피를 다시 넣어줄 수 있나요?

간호사 : 현기증은 일시적인 거라서….

김PD : 지금 어지럽다니까요.

간호사 : 그래도 다시 넣어줄 수는 없어요.

김PD의 우격다짐에 혈압 체크를 해보는 간호사.

그러나 혈압은 정상.

김PD : 다시 안 넣어주면 안 가요.

그래도 다시 수혈할 수는 없었다.

 **결론** 헌혈 후 다시 수혈해 달라고 하면
안 해준다.

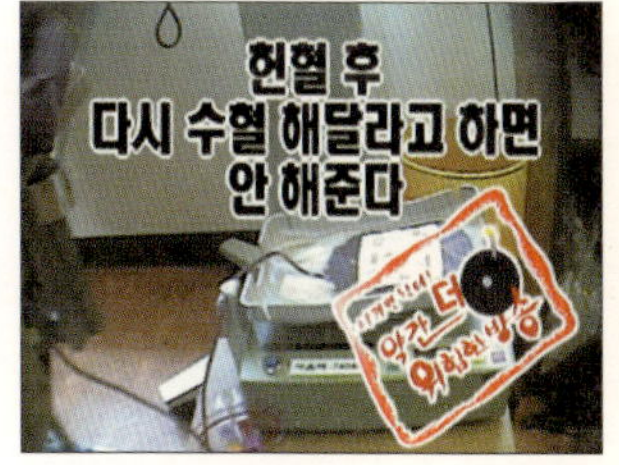

# item 13

## 청계천에서 래프팅을 하면 어떻게 될까?

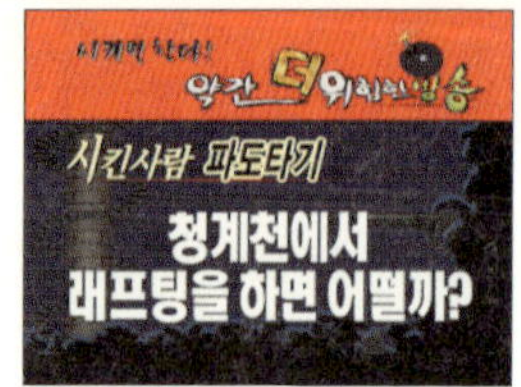


시킨 사람 : 파도타기

■ **시킨 일 :** 청계천에서 래프팅을 할 수 있는지 실험해 주세요.

서울의 중심을 흐르는 청계천.

보트에 바람을 넣는 대신맨을 사람들이 신기한 듯 바라본다.

헬멧에 구명조끼도 갖춰 입고 최초로 청계천 래프팅을 시도하는 대신맨.

GO! GO! 신나게 출발!

그러나 방향도 못 잡는 대신맨.

출발은 했는데 어째 불안하기만 하다.

드디어 방향을 잡고 본격 래프팅 돌입.

장애물 코스 통과!

**대신맨 :** 어이구, 힘들어 죽겠네.

삐익, 삐이익~.

이때 어디선가 호루라기 소리가 들리며 안전요원 등장.

안전요원 : 빨리 올라오세요, 빨리.

대신맨 : 알겠습니다. 알겠어요.

안전요원 : 그거 타고 놀면 안 돼요.

대신맨 : 왜 안 되는 거예요?

안전요원 : 원래 여기도 못 들어가게 되어 있어요.

목적지에 거의 다 와서 침몰한 대신맨. 안타깝다.

 **결론** 청계천에서 래프팅을 하는 건 불법이다.

# item 14

## 오토바이도<br>대리운전이 가능할까?

시킨 사람 : 오빠대신달려~

---

■ **시킨 일 :** 술을 마신 뒤 오토바이를 대리운전시키면 과연 해줄까?

대리운전을 시키려고 기사를 기다리는 대신맨.
드디어 대리운전 기사 등장.

**대신맨 :** 제 차가 이건데….

**대리운전 기사 1 :** 오토바이를 몰아야 돼요? 이걸 어떻게 대리로 해요?

**대신맨 :** 오토바이는 대리가 안 되나요?

**대리운전 기사 1 :** 당연하죠. 차량 대리지, 오토바이 대리가 어딨습니까? 20톤짜리 트럭을 해도, 이건 못 해요.

대리운전 기사는 짜증을 내며 돌아가 버렸다.
오토바이 대리운전 실패.
대리운전 회사에 직접 전화로 문의를 해보았다.

**대리운전 회사 :** 오토바이는 안 돼요. 저희는 차량밖에 안 하거든요.

또 다른 대리운전 기사에게 직접 물어 보았다.

**대리운전 기사 2 :** 오토바이는 많이 운전 안 해봤어요. 10년 전에 해

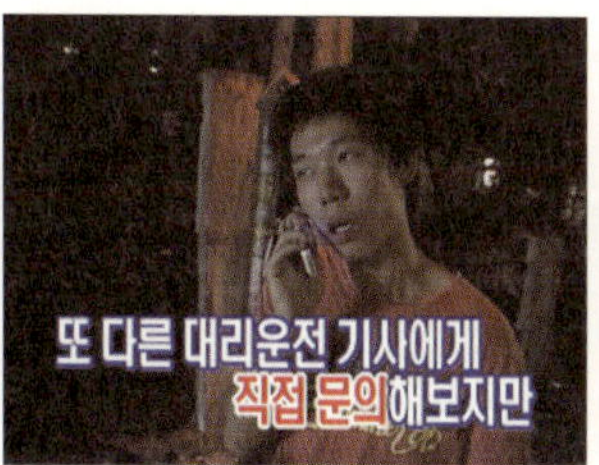

보고 그 뒤로 안 해봤는데….

오토바이 대리운전 또 실패.

오토바이는 보험 미적용, 안전상의 이유로 접수를 안 받는다고 한다.

 **결론** 오토바이 대리운전은 거의 없다.

# 여의도 쌍둥이 빌딩 중에서 어떤 게 형일까?

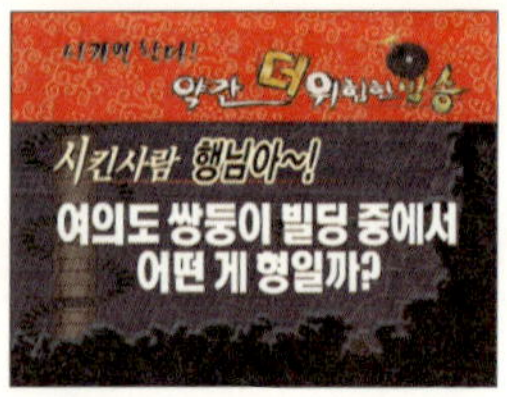


시킨 사람 : 행남아~!

■ **시킨 일** : 여의도에 가면 쌍둥이 빌딩이 있는데, 어떤 게 먼저 지어졌을까?

여의도의 상징, 쌍둥이 빌딩.

마치 거울을 들여다보듯 똑같은 두 건물.

과연 누가 형일까?

직접 건물의 머릿돌을 찾아 나선 대신맨과 김PD.

건물을 한 바퀴 돌다가 머릿돌 발견.

그런데 머릿돌이 달랑 하나다.

어떤 게 형인지 알 수가 없어서 직접 직원에게 물어보기로 했다.

**대신맨** : 쌍둥이 빌딩 중에 어느 쪽이 형이고 동생인지 알 수 있을까요?

**직원** : (어이없다는 듯) 허허허….

**대신맨** : 순서대로 만든 거 아닌가요?

직원 : 형, 동생은 없어요. 같이 올라간 걸로 아는데요.

결국, 건물 관리자한테 직접 물어보기로 했다.

관리자 : 건물을 동시에 같이 지었습니다.

동시에 같이 지었다는 쌍둥이 빌딩. 그리고 사실 두 빌딩은 연결이 되어 있었다.

 **결론** 쌍둥이 빌딩은 서로 연결돼 있는 하나의 건물이었다. 따라서 형, 동생은 없다.

# item 16

## 한쪽 눈을 가리고
## 운전을 할 수 있을까?

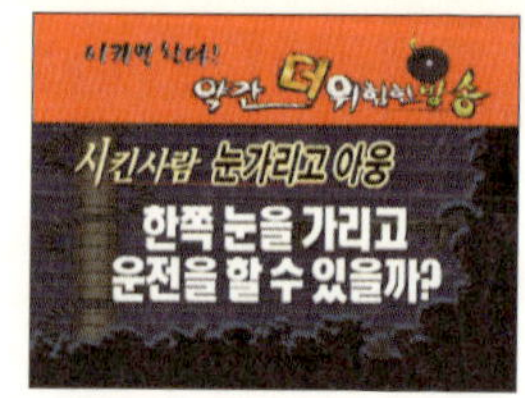


시킨 사람 : 눈가리고이웅

■ **시킨 일** : 한쪽 눈을 가리고 운전을 하면 어떤 일이 벌어지는지 실험해 주세요.

일단, 장애물을 설치하고 차량에 탑승.

**1차 실험**

눈 가리지 않고 운전하기.

눈 가리지 않고 운전하니 가뿐히 성공!

**2차 실험**

왼쪽 눈 가리고 운전하기.

안대로 왼쪽 눈을 먼저 가린다.

대신맨 : 느낌이 이상한데?

왼쪽 눈을 가리고 운전하니 역시 성공!

대신맨 : 한쪽 눈을 가리니까 더 집중해서 보기 때문에 더 잘되는 것 같아요.

## 3차 실험

오른쪽 눈 가리고 운전하기.

이번엔 반대로 오른쪽 눈을 가린다.

대신맨 : 거리감이 떨어지는 것 같은데….

오른쪽 눈을 가리고 운전하니 완전 실패!

대신맨 : 왼쪽을 가렸을 때는 두 눈으로 보는 것처럼 똑같이 보이는 데, 오른쪽을 가리니까 한쪽으로 치우쳐서 방향 감각을 못 느끼겠 어요.

차PD : 오른쪽하고 왼쪽하고 가렸을 때 다른 거네?

**결론** 한쪽 눈을 가리고 운전하면 방향 감각 이 무뎌져서 위험하다.

# item 17

## 택시에 있는 불친절 신고 엽서를 쓰면 어떻게 될까?

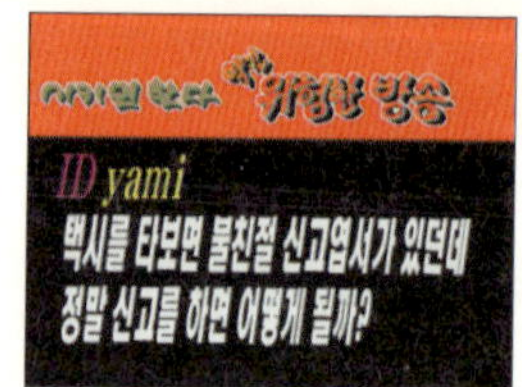


시킨 사람 : yami

■ **시킨 일** : 택시를 타보면 '불친절 신고 엽서'라는 게 꽂혀 있는데,
정말 그 엽서를 쓰면 어떻게 될까?

택시를 잡아타는 대신맨.

타자마자 뭔가 트집을 잡으려는 듯….

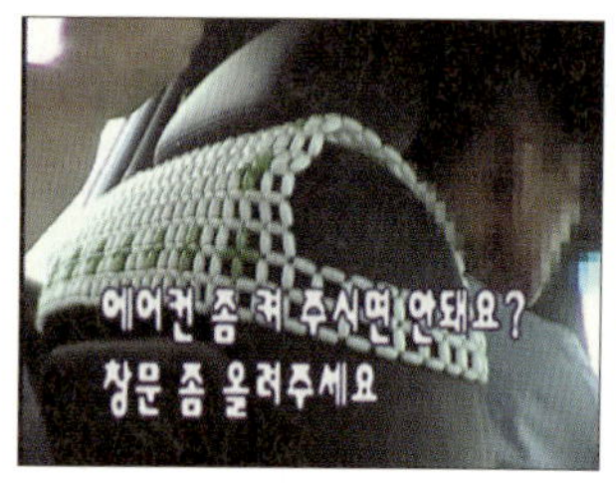

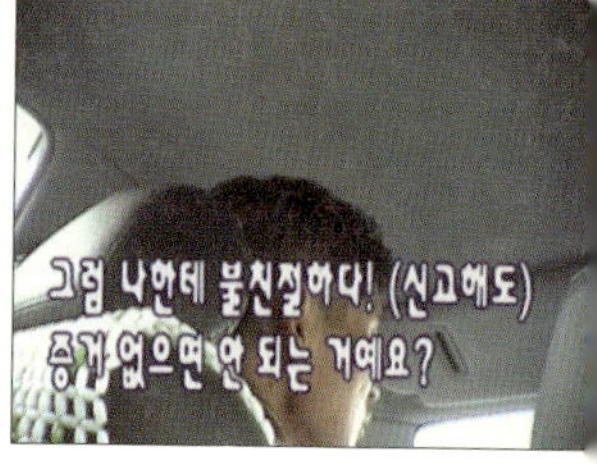


대신맨 : 에어컨 좀 켜주시면 안 돼요?

택시 기사 : 더우세요?

대신맨 : 네. 창문 좀 올려주시구요.

택시 기사 : 네.

대신맨 : 아저씨, 라디오요. 다른 채널로 바꿔주시면 안 돼요?

택시 기사 : 그러죠.

대신맨 : 아저씨, 불친절 신고 엽서 같은 거 없어요?

택시 기사 : 그거 있으나 마나예요. 증거가 없잖아요.

대신맨 : 그럼 나한테 불친절했다고 신고해도 증거 없으면 소용이

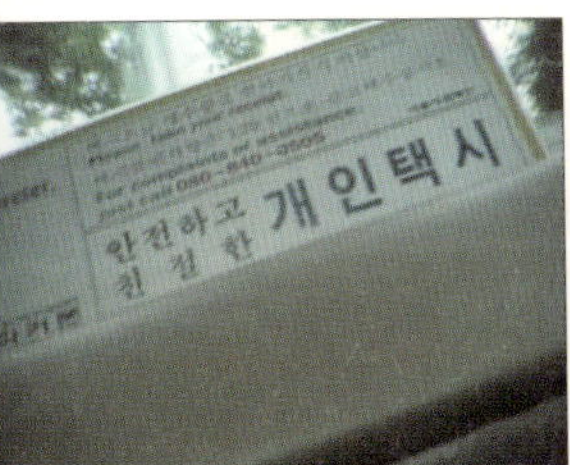
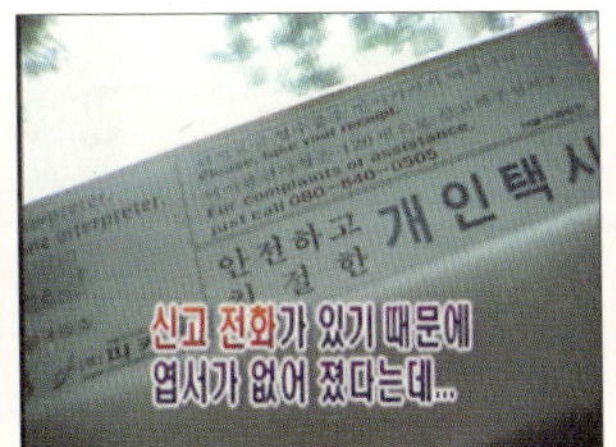

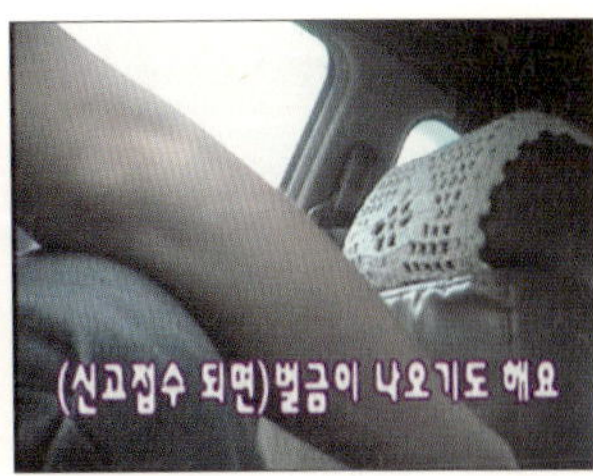


없는 거예요?

택시 기사 : 그렇죠. 불친절하다는 건 어느 선이 있거든요. 그건 그냥 참고만 하는 거지 제재한다거나 그런 건 없어요.

대신맨, 택시에서 내려 다른 택시를 잡아 탔다.
역시 이 택시에도 불친절 신고 엽서가 없다.

대신맨 : 왜 불친절 신고 엽서가 없어요?

택시 기사 : 신고 전화가 있잖아요. 요즘 엽서를 누가 써요?

대신맨 : 요즘은 불친절 신고를 전화로 해요? 몇 번인데요?

택시 기사 : 120번 누르면 돼. 그거 접수되면 벌금이 나오기도 해요.

대신맨 : 벌금이 얼마나 돼요?

택시 기사 : 한 10, 20만 원 돼요.

**결론** 불친절 신고를 하면 택시 기사에게
벌금이 나올 수 있다.

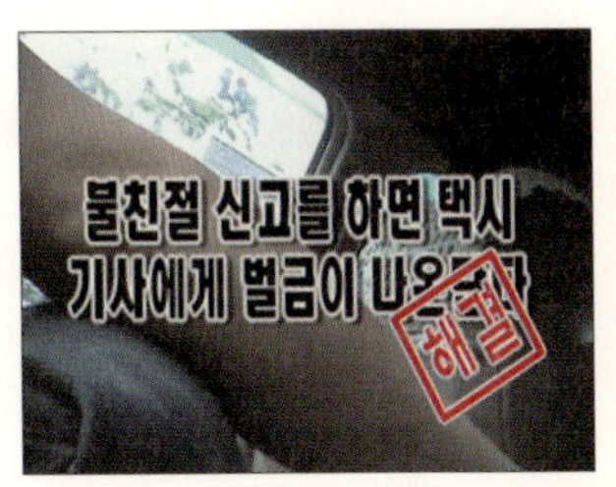

# 가스가 없어서 서버린 LPG 차량에 부탄가스를 넣으면 어떻게 될까?

시킨 사람 : rudtnrskfk

■ **시킨 일** : LPG 차량을 타고 가다가 가스가 떨어져서 서게 되었을 때 부탄가스를 넣으면 시동이 걸릴까?

대신맨, 일단 가스를 다 떨어뜨려야 한다.

드디어 연료 부족을 알리는 등이 들어왔지만 계속 달린다.

억지로 가스를 빼내자 드디어 멈춰버린 차.

시동이 안 걸린다.

어디론가 급히 뛰어가는 대신맨.

마트에서 사온 부탄가스를 주입하는데 잘 안 들어간다. 비상용 가스 주입기를 꺼내 다시 넣어보는데….

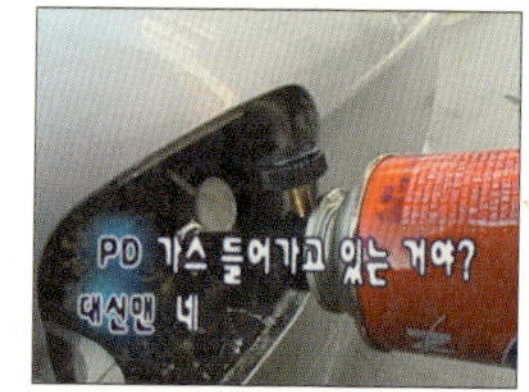


조PD : 가스 들어가고 있는 거야?

대신맨 : 네.

가스 넣기가 매우 힘들어 보인다.

어쨌든 가스를 넣고 다시 시동을 걸자…

걸렸다!

 **결론** 긴급 시에는 LPG 차량에 부탄가스를 넣어도 움직인다.

# 자동차 타이어가 모두 펑크 났을 때의 최고 속도는 얼마나 될까?

시킨 사람 : assa-good

■ **시킨 일 :** 타이어가 모두 펑크 난 상태로 차를 몰면 최고 속도는 얼마나 나오는지 실험해 주세요.

실험을 하기 위해 타이어를 중고로 교체하는 제작진.

자동차 정비공 못지않다.

타이어에 칼집을 내 바람을 빼니, 자동차 타이어 펑크 내기 완료.

실험 START.

펑크 난 타이어로 달리기 시작하는데…

과연, 속도는?

시속 40km 이하에서 더 올라가지 않는다.

 **결론** 타이어가 모두 펑크 난 자동차로는 시속 40km 속도 내기도 힘들다.

# item 20

## 완구용 자동차를 더럽힌 후 세차장에 가서 세차를 해달라면 어떻게 될까?

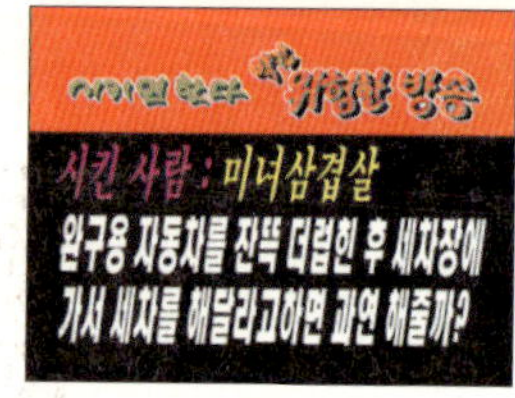


시킨 사람 : 미녀삼겹살

■ **시킨 일** : 어린이들이 타는 완구용 자동차를 잔뜩 더럽힌 후 세차장에 가서 세차를 해달라고 하면 과연 해줄까?

완구용 자동차에 낙서를 하는 대신맨.

진흙까지 묻혀가며 차를 더럽힌다.

어느덧 완벽하게 더러워진 완구용 자동차를 가지고 세차장을 향해 달리는 대신맨.

**대신맨** : 이거 제 차인데 너무 더러워서 세차 좀 하려고요.

**아저씨** : 집에 가서 그냥 닦지 그래요? 그거 타고 어디 가려고 그래요?

**대신맨** : 약속이 있어서, 약속 장소로 이동해야 하거든요.

**아저씨** : 이거 타고요?

**대신맨** : 네.

어이없어 웃음만 나는 아저씨.

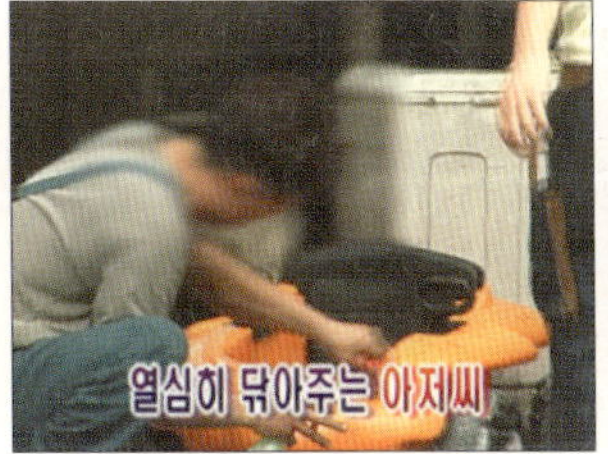

드디어 세차 시작.

열심히 닦아주고 물기까지 제거해 주었다.


아저씨 : 됐죠?

대신맨 : 야, 깔끔하다. 깔끔해.

세차 값 5000원.

대신맨 : 수고하세요. 다음에 또 올게요.

아저씨 : 네.

**결론**
완구용 자동차도 세차장에 갖고 가면
세차를 해준다.

# item 21

## 수갑을 찬 채 열쇠 수리점에 가서 풀어달라고 하면 어떻게 될까?

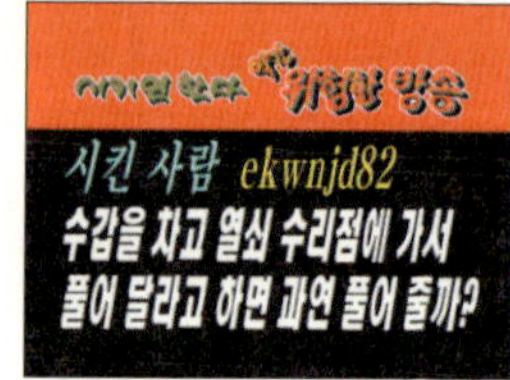


시킨 사람 : ekwnjd82

---

■ **시킨 일** : 수갑을 찬 채 열쇠 수리점에 가서 풀어 달라고 하면 과연 풀어 주는지 실험해 주세요.

스스로 수갑을 차는 대신맨.
열쇠 수리점을 찾아갔다.

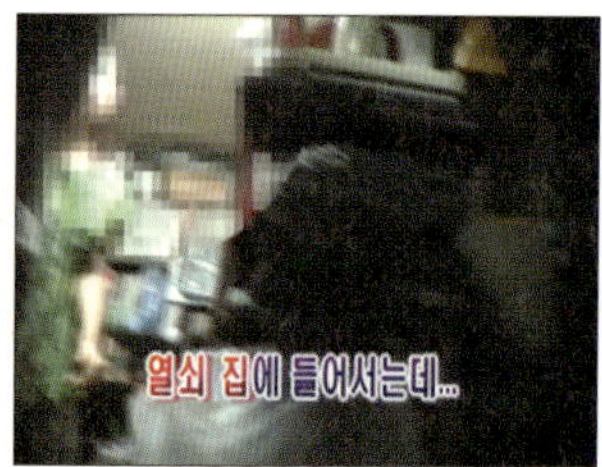

대신맨 : 장난치다가 잠겼는데… 풀 수 있나요?
수리공 : 여기서는 못 해요.

두 번째 열쇠 수리점을 찾아갔다.

이것저것 이용해서 풀어 보려고 애를 쓰는 수리공.
심지어 빨대까지 사용해서 풀어보려 하지만 역시 안 된다

할 수 없이 세 번째 열쇠 수리점을 찾아나선 대신맨.

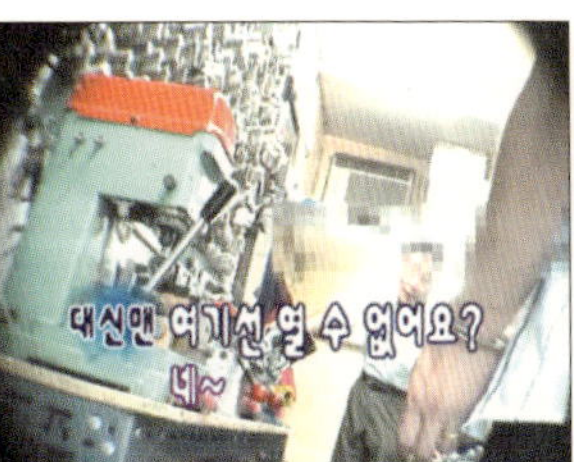


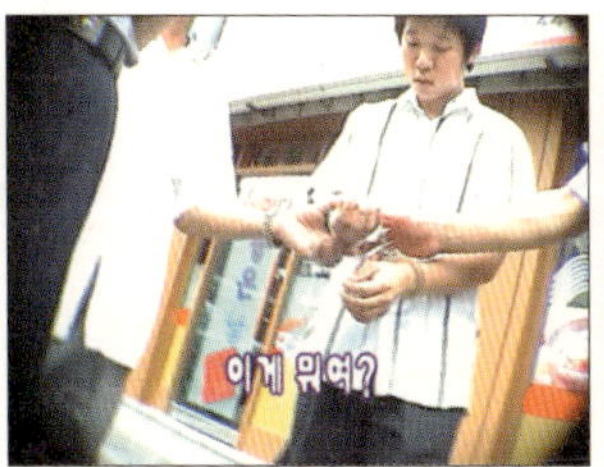


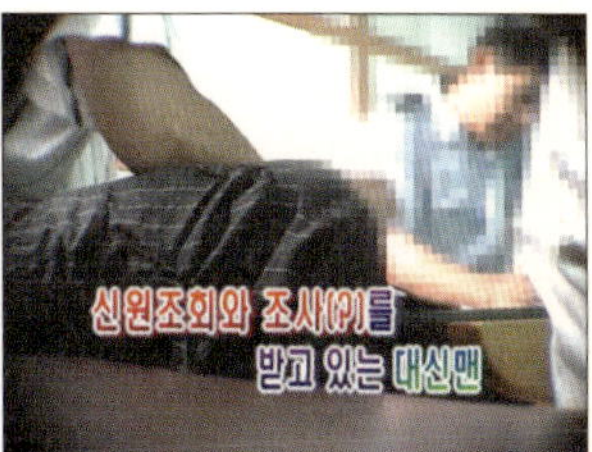


수리공 : 그거 파출소 가면 풀 수 있을 거예요.

대신맨 : 여기서는 못 풀어요?

수리공 : 네.

마지막으로 파출소를 찾아 들어가는 대신맨.

파출소에서 죄인 아닌 죄인이 되어 순찰 나간 경찰관을 기다리고 있다.

드디어 경찰관 도착.

쉽게 수갑이 풀렸지만 왜 이런 일이 벌어졌는지 조사까지 받아야 했다.

 **결론** **수갑은 열쇠 수리점에 가도 못 푼다.**

# 대신맨이 명동에서 헌팅을 하면 전화번호 몇 개를 알아낼 수 있을까?

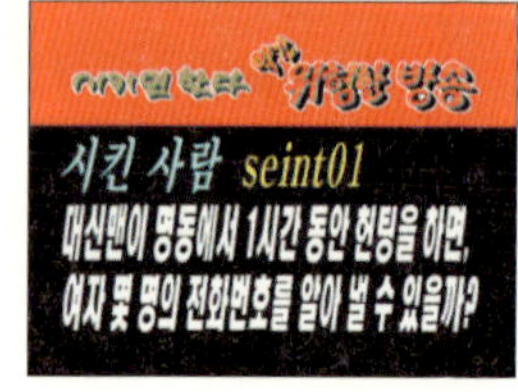


시킨 사람 : seint01

■ **시킨 일** : 명동에서 1시간 동안 헌팅을 하면 여자 몇 명의 전화번호를 알아 낼 수 있을까? 대신맨이 해주세요.

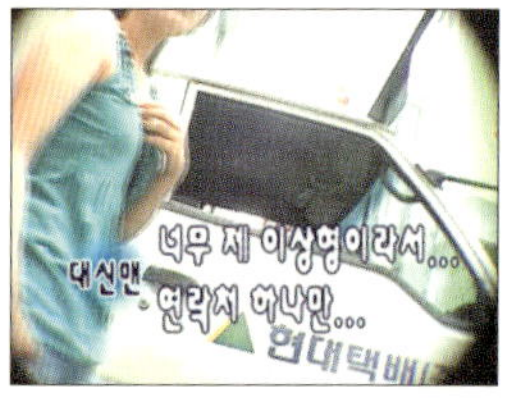
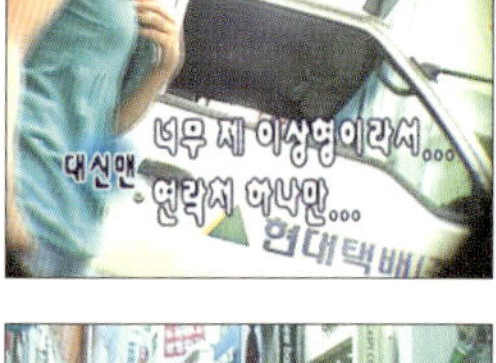


사람들로 북적이는 명동 거리.
어딘가 여유 있어 보이는 대신맨.

**1차 시도.**
대신맨 : 제 이상형이라서 그러는데요… 연락처 좀….

기겁을 하며 도망가는 여자들.

**2차 시도.**
열심히 작업을 했지만 역시 실패.

대신맨 : 아, 쉽지 않습니다.

**3차 시도.**
이번엔 과연?
헉, 일본 사람!
말이 안 통해서 실패.
그래도 기죽지 않는 대신맨.

휴대전화를 들이대며 계속 작업에 몰두한다.

대신맨 : 저 같은 스타일 어떠세요?

오, 전화번호를 알려준다.

대신맨 : 성공입니다, 성공.

이번에는?
역시 성공!

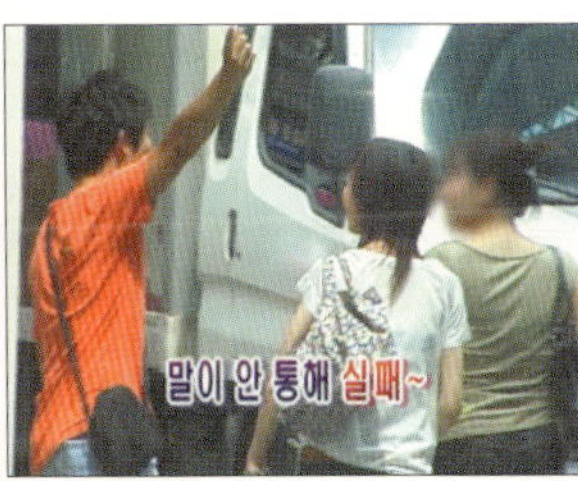

대신맨 : 아, 난리 났습니다. 오늘….

세 번째 성공!
네 번째 성공!
대신맨, 신이 났다.

**결론** 대신맨이 1시간 동안 헌팅한 결과 4명의 여자에게서 전화번호를 받았다.

# 대신맨이 연예인 사진과 똑같이 수술해 달라면 어떻게 될까?

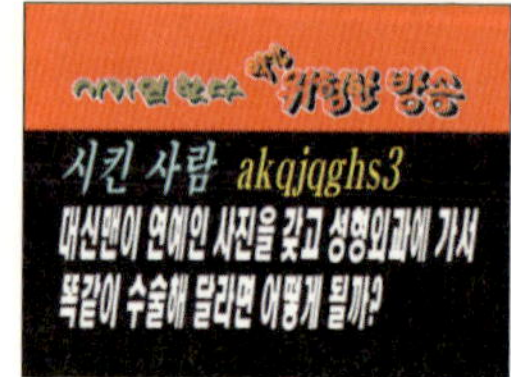


시킨 사람 : akqjqghs3

■ **시킨 일** : 대신맨이 연예인 사진을 갖고 성형외과에 가서 똑같이 수술해 달라고 하면 어떻게 될까?

대신맨, 이리저리 거울에 얼굴을 비춰본다.

대신맨 : 별로 견적이 안 나올 것 같은데, 어쨌든 한번 가보겠습니다.

성형외과를 찾아가 면담을 하는 대신맨.

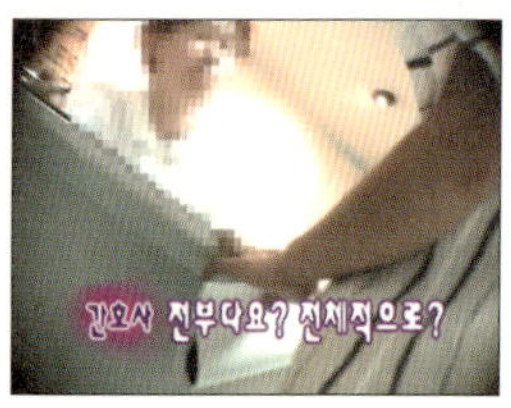


대신맨 : 여기 얼굴 성형하려고요.
간호사 : 전부 다요? 전체적으로?

연예인 사진을 보여주며 상담하는 대신맨.
눈, 코, 입, 피부까지 상담을 하는데….
난감해하는 성형외과 의사.

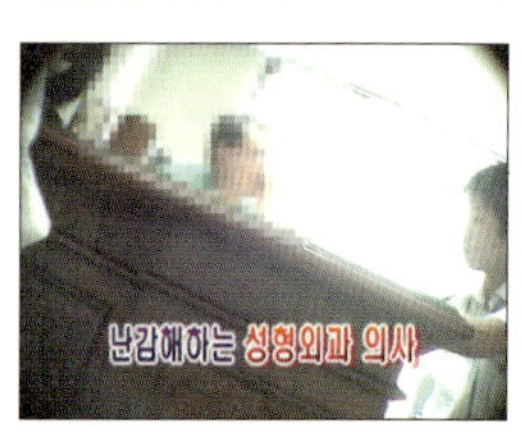


일단 견적을 내보고….

의사 : 음, 이거는 뭐 어떻게 할 수가 없어요.

**결론** 대신맨이 성형외과에 연예인 사진을 갖고 갔더니 견적이 안 나온단다.

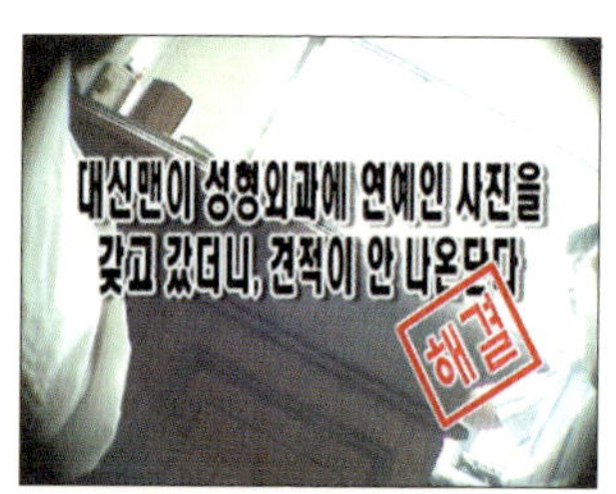

# item 24

## 고량주에 담근 쌀을 닭에게 먹이면 취할까?

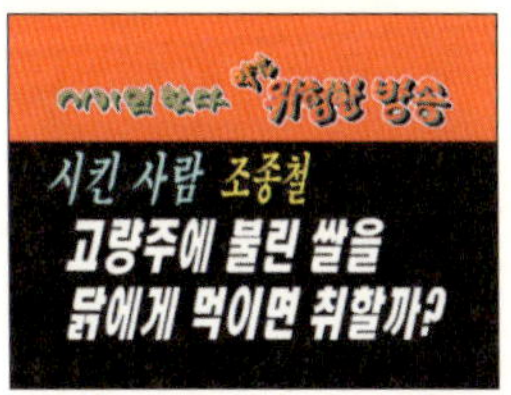


시킨 사람 : 조종철

■ **시킨 일 :** 고량주에 담근 쌀을 닭에게 먹이면 취하는지 실험해 주세요.

고량주에 쌀을 담그고 2시간 동안 불렸다.

오늘의 실험 대상은 싸움닭.

조심스레 술에 담근 쌀을 주자 잘 먹는다.

10분 뒤, 얌전한 모습으로 사이좋게 지내는 닭.

어쩐지 술에 취한 것도 같다.

급기야 한 녀석은 졸고 있다.

다른 녀석은 어떨까?

역시 졸고 있다.

 **결론** 고량주에 담근 쌀을 닭에게 먹이면 취한다.

# item 25

## 타조알을 머리로 깰 수 있을까?

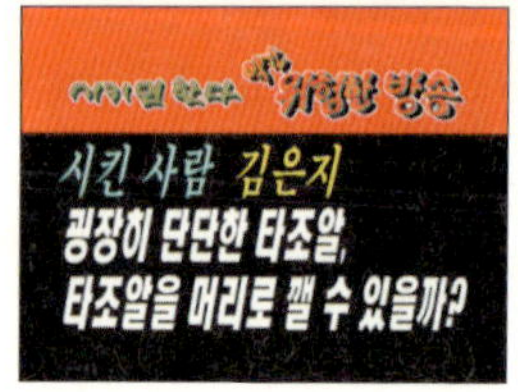


시킨 사람 : 김은지

■ **시킨 일** : 굉장히 단단한 타조알, 과연 머리로 깰 수 있을까?

무지하게 단단해 보이는 타조알.

대신맨 : 제가 타조알을 한번 깨보겠습니다.

일단 툭툭 건드려보지만, 소리부터가 장난이 아니다.

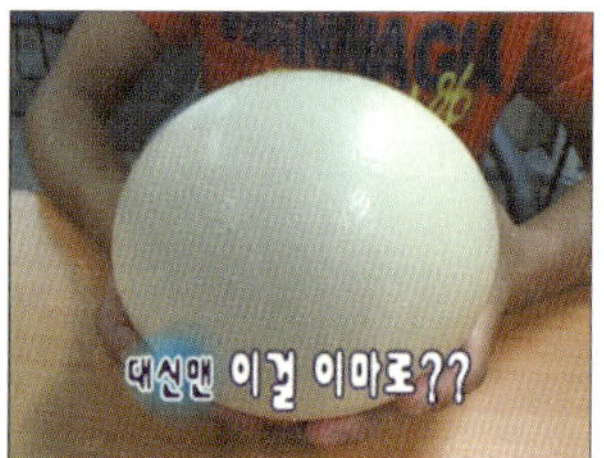

조PD : 이마로 타조알 깨기 도전!

대신맨 : 이걸 이마로요? 제 이마가 좀 센 편이긴 한데….

긴장되는 순간.

대신맨, 눈을 질끔 감고 꽝!

그러나 타조알은 끄떡이 없고 대신맨은 이마가 무지 아픈 듯….

조PD : 한 번만 다시 해봅시다.

 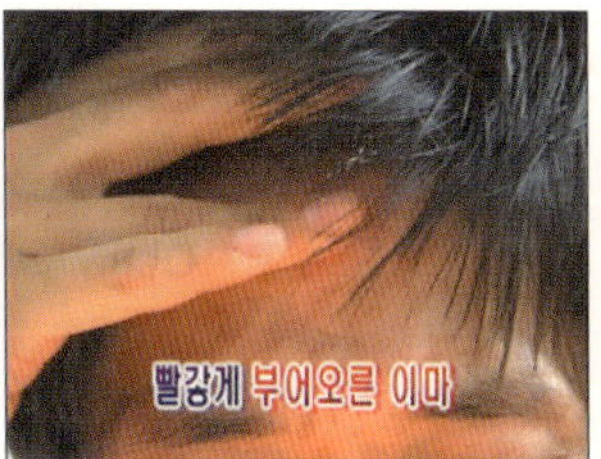 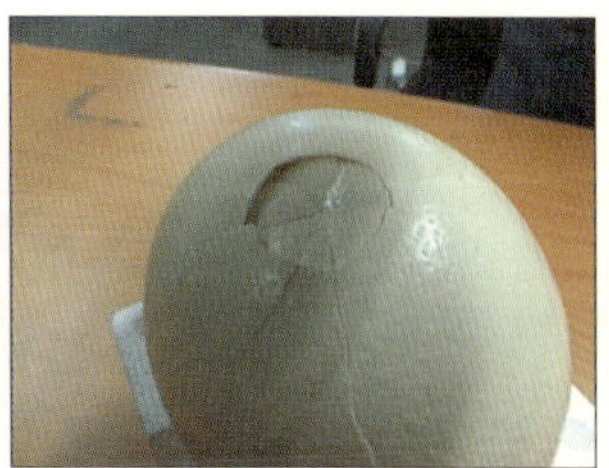



이번에는 과연 깰 수 있을까?
대신맨, 다시 눈을 질끈 감고 꽝!

조PD : 오, 깨졌어. 깨졌어.

이마로 타조알을 깼다.
그러나 빨갛게 부어오른 대신맨의 이마.

대신맨 : 아, 나는 점점 마루타가 되어가는 것 같아.

 **결론**  타조알, 이마로 깰 수 있다.
하지만 이마가 깨질 수도 있다.

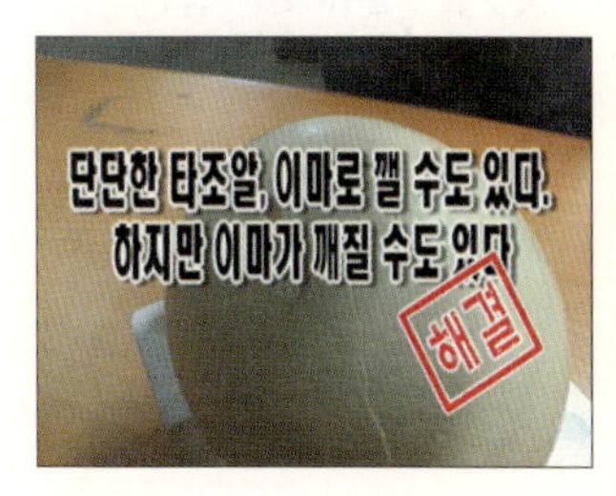

# 앞 유리 없이 자동차를 달리면 어떻게 될까?

시킨 사람 : 여자라서햄볶아요

■ **시킨 일** : 자동차를 타고 앞 유리가 없는 상태에서 달리면 어떻게 될까?

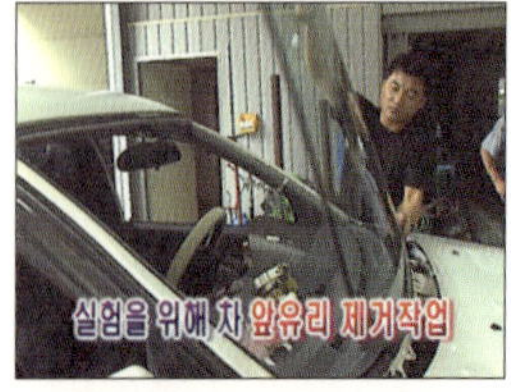


실험을 하기 위해 차 앞 유리를 제거하는 작업 중.

국내 최초로 앞 유리 없는 자동차 주행 실험에 들어간 대신맨.

과연 그 결과는?

자동차 주행 START.

현재 속력 시속 50km.

달릴 만하다.

시속 100km 도전.

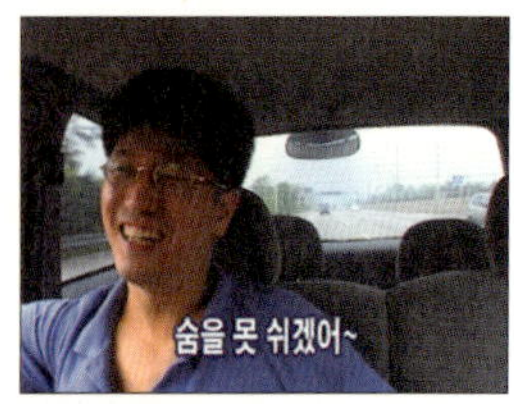


대신맨 : 숨을 못 쉬겠어.

강력한 바람에 견디기 힘들어하는 대신맨.

 **결론** 자동차 앞 유리 없이 달리는 것은 힘들지만 가능하다.

# item 27

## 10분에 100원이라는 유료 화장실에서 10분 넘게 있으면 어떻게 될까?

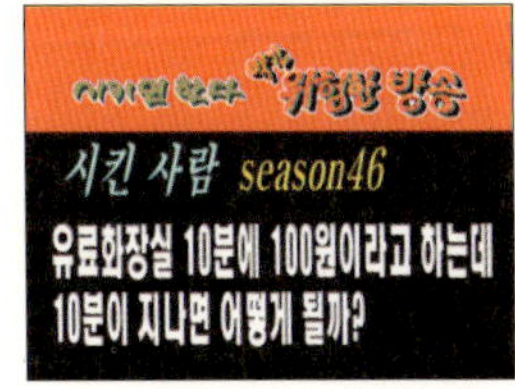


시킨 사람 : season46

**■ 시킨 일 :** 유료 화장실 중에는 '10분에 100원' 이라는 곳이 있는데,
10분이 지나면 어떻게 될까?

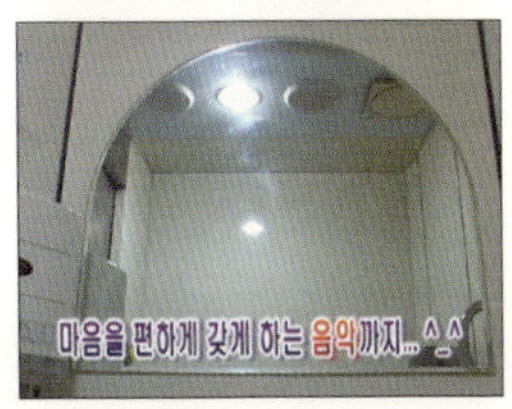


유료 화장실을 찾은 대신맨.

100원에 10분 사용을 알리는 안내문이 붙어 있다.

100원을 넣자 화장실 문이 열렸다.

문이 닫히자 화장실 사용에 관한 안내 방송이 나오고,

마음을 편하게 해주는 음악까지….

5분이 지나자 남은 시간을 알리는 안내 방송.

다시 4분이 지나자, 1분 후 문이 자동으로 열리므로 미리 대비(?)하라는 안내 방송이 나온다.

그리고…
문이 열렸다.

**결론** 유료 화장실의 사용 시간인 10분이 지나면 자동으로 문이 열린다.

# item 28

## 스틱 자동차 주행 중에 후진 기어를 넣으면 어떻게 될까?

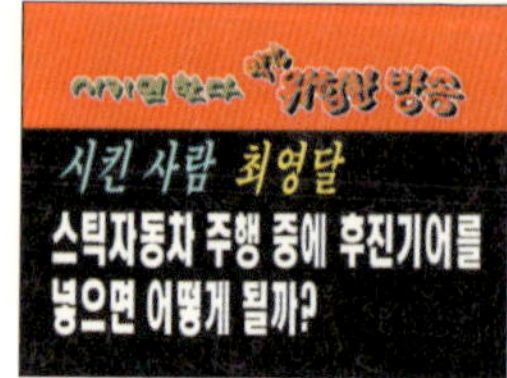


시킨 사람 : 최영달

■ **시킨 일 :** 스틱 자동차로 달리다가 갑자기 후진 기어를 넣으면 어떻게 되는지 실험해 주세요.

위험할지 모르지만 오늘도 실험에 들어가는 대신맨.

본격 실험 START.

현재 속도는 시속 20km.

과연 후진 기어를 넣으면 어떻게 될까?

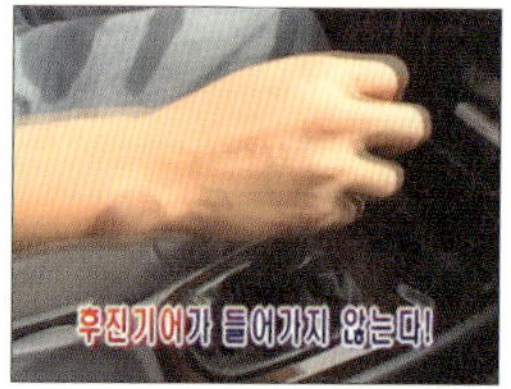


헉, 후진 기어가 들어가지 않는다.

재실험.

지금은 시속 40km.

과연 이번엔?

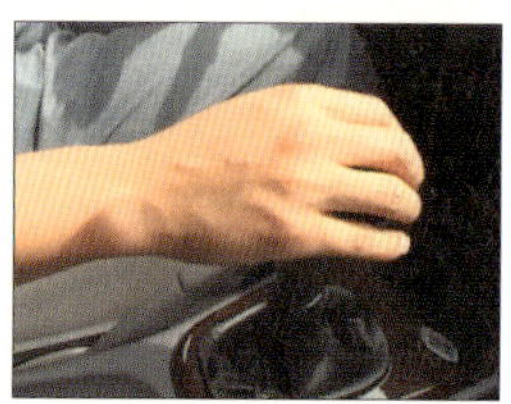

대신맨 : 안 돼.

역시 기어가 들어가지 않는다.

 **결론** 자동차가 달리는 중에는 후진 기어가 들어가지 않는다.

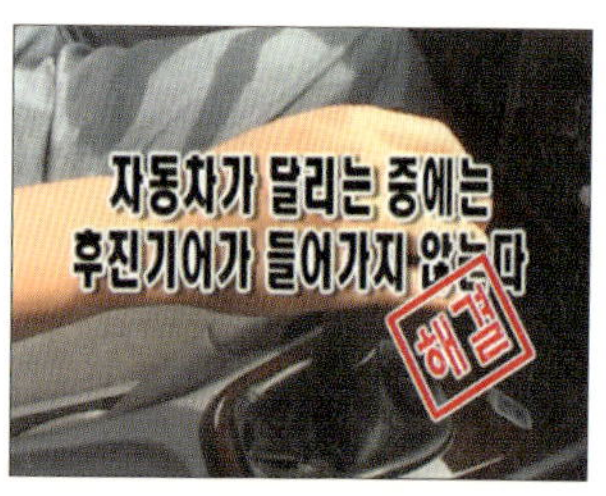

# item 29

## 높은 건물에서 플래카드를 타고 내려올 수 있을까?

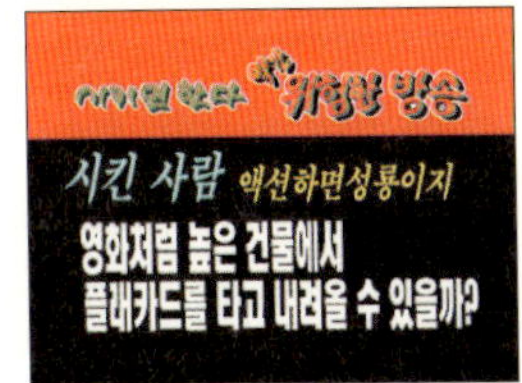


시킨 사람 : 액션하면성룡이지

■ **시킨 일 :** 영화를 보면 높은 건물에서 플래카드를 타고 내려오는 장면이 있다. 실제로 그렇게 할 수 있을까?

너무나도 위험천만한 실험.

그래도 우리는 시키면 한다!

위험을 대비해 종이 박스로 안전매트를 만들고 푹신한 쿠션 매트리스도 깔았다.

드디어 사다리차가 들어오자 플래카드를 매다는 제작진.

이제 누가 플래카드를 타고 내려올지 정할 차례.

가위 바위 보.

막내인 조PD 혼자 이겼다.

그러나 결과에 승복하지 않는 선배 PD들.

김PD : 어린 순서로 뛰어내려.

조PD : 그런 게 어딨어요?

막무가내, 나이로 밀어붙이는 얄미운 형님들.
상처받은 어린 양(?) 조PD, 눈물을 머금고 사다리차 탑승.

카메라 감독 : 야, 선배들 치사하다.
조PD : (억울한 표정으로) 그러니까요.

굳은 표정의 조PD, 무려 지상 5m의 높이에 올라가니 바람도 심한 최악의 기상 조건.
과연 5m 상공에서 플래카드만을 의지한 채 내려올 수 있을까?

플래카드 타고 내려오기 START.
오, 무사히 안착하는 조PD.
5m 상공에서 플래카드 타고 내려오기 성공.

조PD : 바지에 구멍이 날 것 같아요. 엉덩이가 뜨거워요.

다음 순서는 두 번째로 어린 유PD.
큰 키와는 달리 겁을 잔뜩 집어먹은 유PD, 과연 성공할 수 있을까?

START.
그러나 내려오다 멈추고 만다.

유PD : 안 위험하네요.

자신감을 얻은 조PD, 이번에는 자청해서 앞으로 내려오기 도전.
역시 성공.

**결론**

중심만 잘 잡으면 높은 건물에서
플래카드를 타고 내려올 수 있다.

# item 30

## 자동차 배기관을  
## 막고 달리면 어떻게 될까?

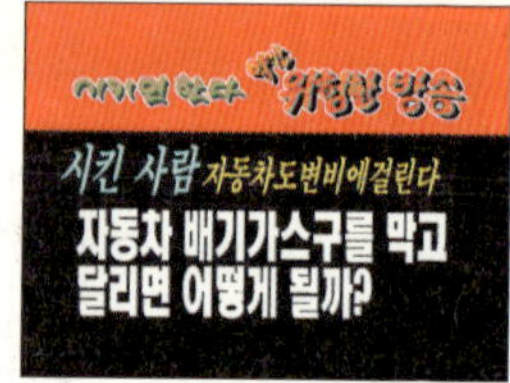


시킨 사람 : 자동차도변비에걸린다

■ **시킨 일 :** 자동차 배기관을 막으면 차가 터진다는 얘기가 있는데, 실제로 배기관을 막고 달리면 어떻게 되는지 실험해 주세요.

실험 차량은 이PD의 자동차.

자동차 배기 가스관을 막았다.

과연 이 상태로 자동차가 달릴 수 있을까?

일단 시동을 걸어본다.

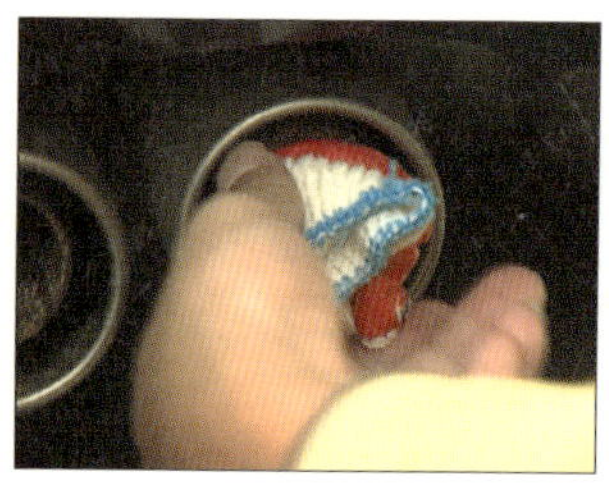
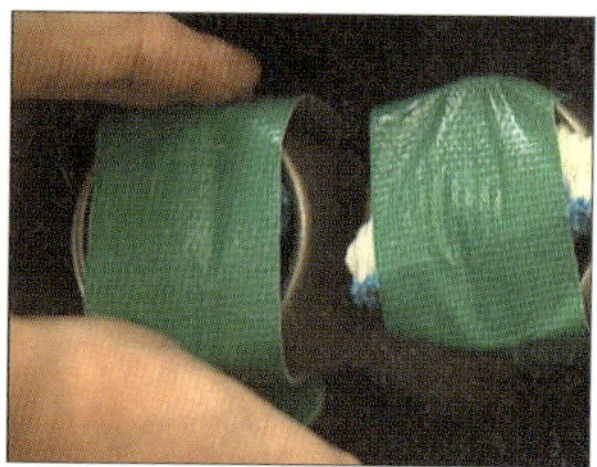

대신맨 : 어? 시동은 걸리네.

과연 주행은?

오, 간다!

그런데 갑자기 배기가스가 새기 시작해서 다시 꼭꼭 틀어 막았다.

재실험 START.

그러나 압력 때문에 또다시 배기가스가 샌다.

배기관을 막는 것조차 쉽지 않은 실험.

과연 그 결과는?

대신맨 : 차체가 많이 떨려요. 부들부들 떨러….

5분 후, 갑자기 멈춰버린 자동차.

이젠 시동조차 걸리지 않는다.

맞은편에서 버스까지 다가오는데 오도 가도 못하는 상황.

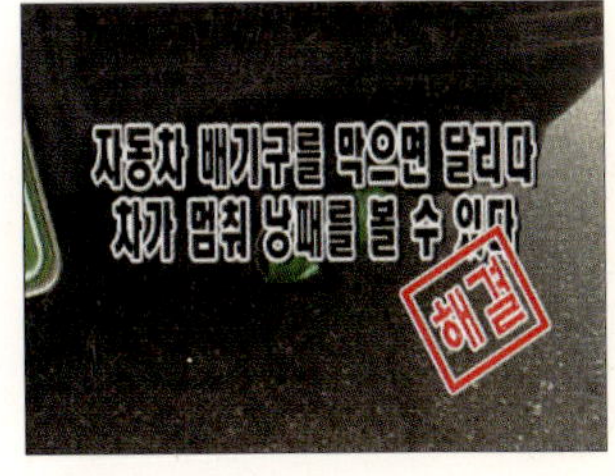

 **결론** 자동차 배기관을 막으면 차가 멈춰 낭패를 볼 수 있다.

# item 31

## 가재를 물구나무 세우면 어떻게 될까?

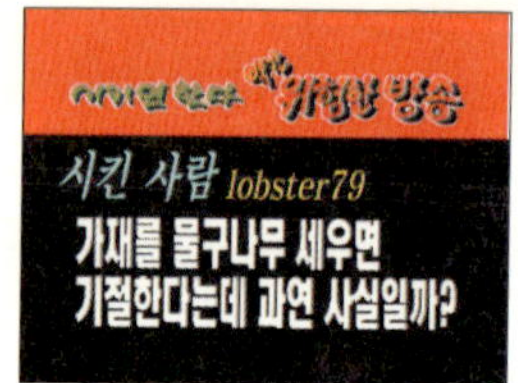


시킨 사람 : lobster79

■ **시킨 일 :** 가재를 물구나무 세우면 기절한다는데 과연 사실일까?

오늘의 실험 주인공은 가재.

생생하게 살아 움직이는 녀석으로 골라 실험에 돌입했다.

그러나 물구나무 세우기가 쉽지 않은 듯….

진지한 조PD, 가재를 물구나무 세우기 위해 땀을 뻘뻘 흘린다.

순간, 기절한 가재.

물속에 다시 넣어보자 그제서야 움직인다.

**결론** 가재를 물구나무 세우면 기절한다.

# item 32

## 전자레인지에 타조알을 넣고 돌리면 어떻게 될까?

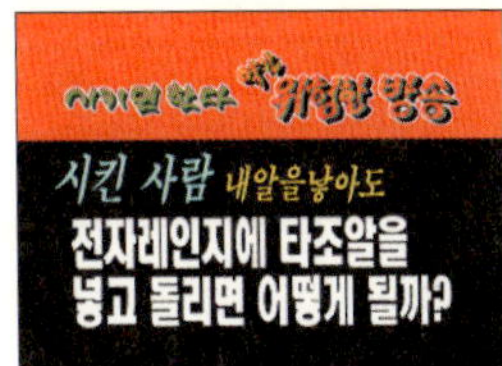


시킨 사람 : 내알을낳아도

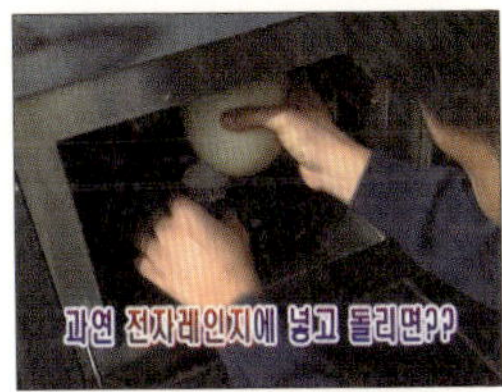


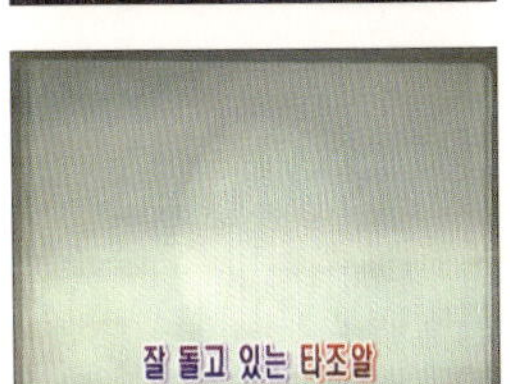

■ **시킨 일 :** 전자레인지에 타조알을 넣고 돌리면 어떻게 되는지 실험해 주세요.

천하무적 타조알 등장.
과연 전자레인지에 넣고 돌리면 어떻게 될까?

대신맨 : 4분 지났어요.

그러나 아무 일도 없다.
다시 시간이 흘러 6분이 경과했을 때, 꽝!
엄청난 폭발과 함께 터져버린 타조알.
무시무시한 파괴력에 전자레인지 뚜껑까지 박살 났다.
여기저기 흩어진 타조알 파편들.

 **결론** 타조알을 전자레인지에 넣고 돌리면 무섭게 폭발한다.

# 남성 사우나에서 다방 커피를 시키면 어떻게 될까?

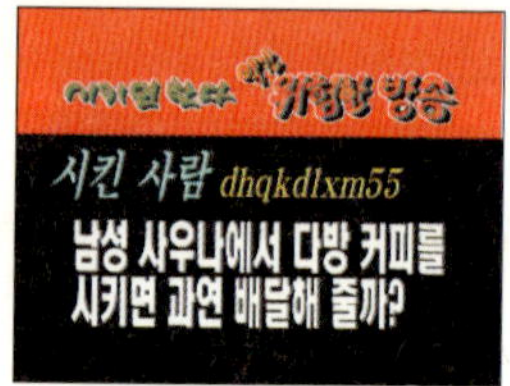


시킨 사람 : dhqkdlxm55

■ **시킨 일** : 남성 사우나에서 다방 커피를 시키면 과연 배달해 줄까?

사우나를 찾아간 대신맨.
다방에 전화를 건다.

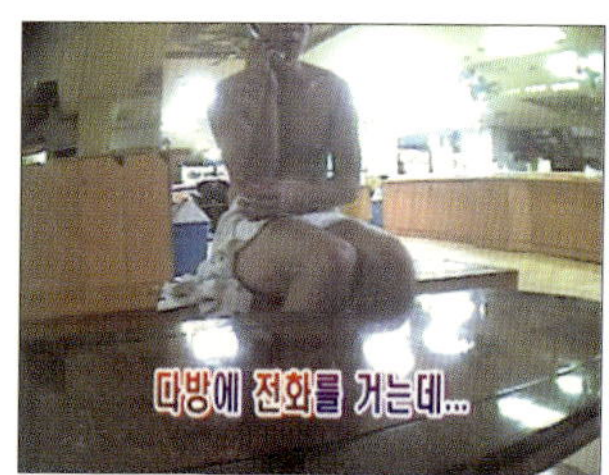


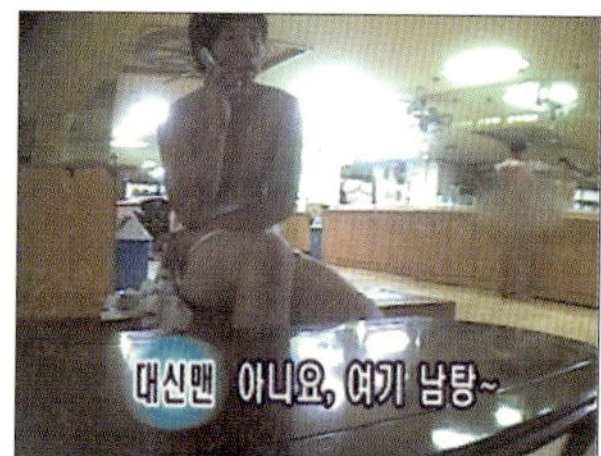


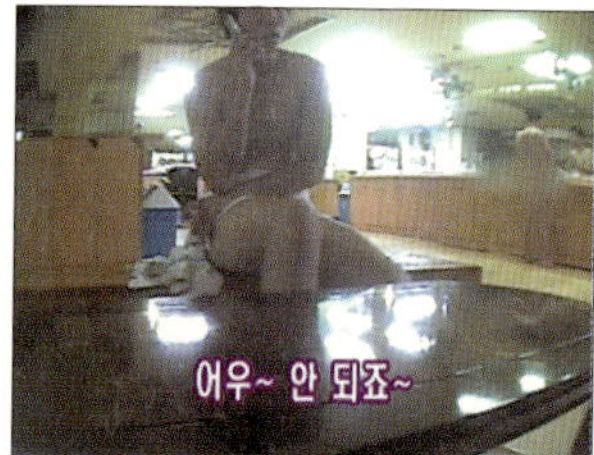


대신맨 : 냉커피 두 잔 배달해 주세요.

다방 종업원 : 어디신데요?

대신맨 : 아, 여기는 건너편의 ○○사우나거든요.

다방 종업원 : ○○사우나요? 사우나 안내 데스크요?

대신맨 : 아니오. 남탕….

다방 종업원 : 아니, 거기 남탕에 어떻게 들어가요? 여자가….

대신맨 : 남탕에는 배달이 안 됩니까?

다방 종업원 : 어우, 안 돼죠.

다방 커피 배달 실패.

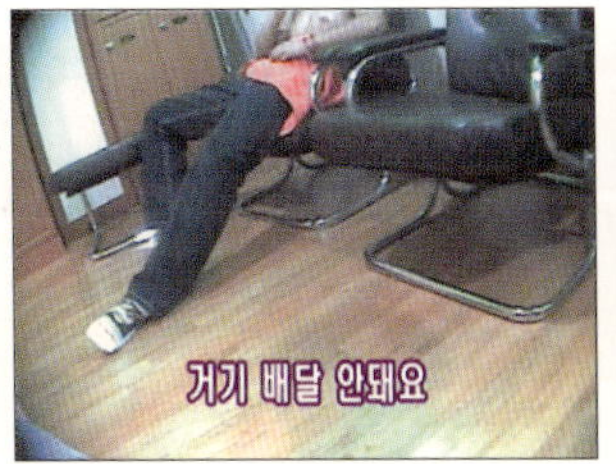


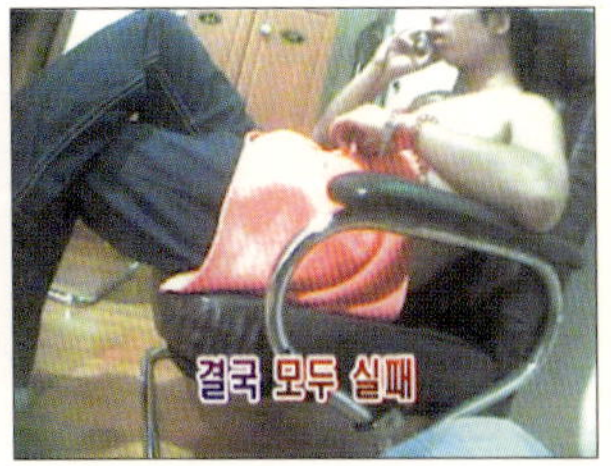


재도전, 다른 사우나를 찾아간 대신맨.
샤워까지 한 후, 다른 다방에 전화를 걸었다.

**대신맨** : 남탕인데요, 냉커피 두 잔만 배달해 주세요.
**다방 종업원** : 거기는 배달 안 돼요.

또 다른 다방에 커피 배달을 시도해 보았다.
그러나 모두 실패.

 **결론**  다방 커피는 남성 사우나에 배달이
안 된다.

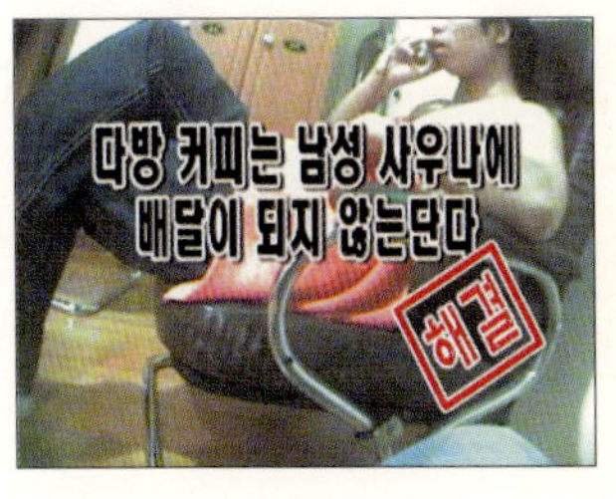

# item 34

## 동물도 헬륨가스를 마시면 목소리가 변할까?

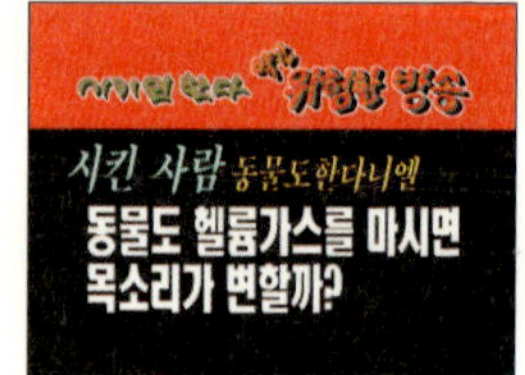


시킨 사람 : 동물도한다니엘

■ **시킨 일 :** 사람이 헬륨가스를 마시면 목소리가 변해서 나오는데, 과연 동물도 그럴까?

오늘의 실험 재료는 헬륨가스.

헬륨가스를 마시면 누구나 목소리가 변한다.

그렇다면 동물들은?

### 실험 1 오리.

꽉꽉~

오리가 헬륨가스를 마시면 과연 어떻게 울까?

꾀이요, 꾀이요.

헉, 변했다.

### 실험 2 거위.

꽈악, 꽈악~

오리보다 더 시끄럽게 우는 거위

과연 거위 목소리는 어떻게 변할까?

목소리가 쉽게 안 나오는 듯.

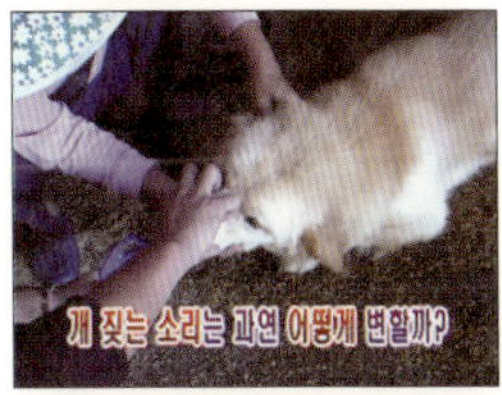

그 순간,

꾀르륵, 꾀르륵….

거위 역시 목소리가 이상하게 변했다.

**실험 3 개.**

컹컹….

개 짖는 소리는 과연 어떻게 변할까?

헬륨가스를 마신 개, 무척 당황한 듯…
목이 이상해진 걸 눈치챘는지 전혀 짖지 않는다.

 **결론** 동물들도 헬륨가스를 마시면 목소리
가 이상하게 변한다.

# 승용차가 승용차를 견인할 경우에 두 대 모두 통행료를 내야 할까?

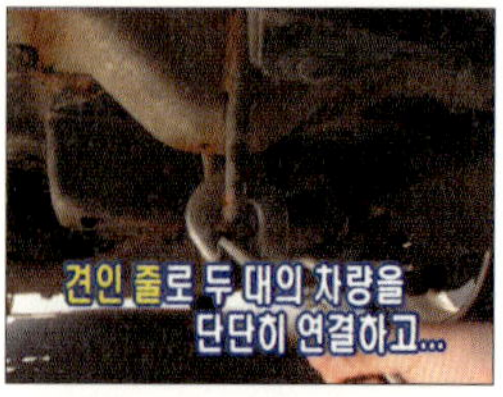


시킨 사람 : 끌리면오나

■ 시킨 일 : 승용차가 승용차를 견인해 가는 경우가 있다. 이때 두 대 모두 통행료를 내야 할까?

인천 톨게이트에서 실험 준비 중인 대신맨.
견인줄로 두 대의 차량을 단단히 연결한다.

출발하는데, 덜컹!
견인하기도 쉽지 않다.

드디어 톨게이트 입구에 진입.

대신맨 : 안녕하세요. 뒤에 친구 차가 고장이 나서 견인하고 있는 중이거든요. 톨게이트 요금을 어떻게 내야 하나요?

직원 : 두 대 값 내야죠.

대신맨 : 두 대 값을 내야 돼요? 고장이 나서 이동하는 건데도요?

직원 : 그래도 두 대 값 내야 돼요. 한 대에 한 대 값 차종이 입력기에 뜨기 때문에 내셔야 해요.

대신맨 : 저 뒤에 차도 입력기에 뜨고, 이 차도 입력기에 뜨기 때문에요?

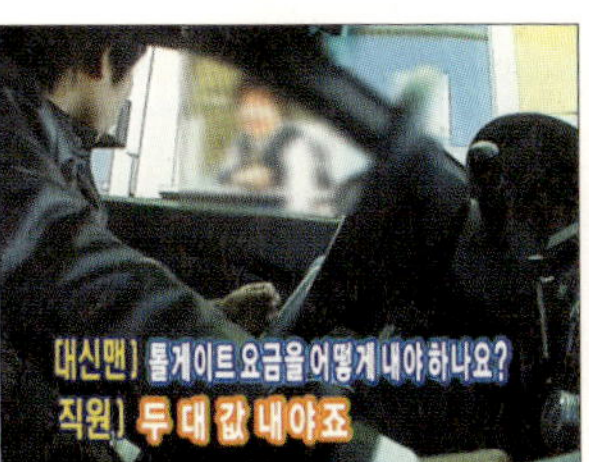

조PD : 개인 차량일 때만 차량별로 요금을 내는 거예요? 견인을 목적으로 하는 건 괜찮고요?

직원 : 네. 그거는 바퀴 하나를 들고 오잖아요. 이 승용차는 1종이 입력기에 뜨고, 견인차는 4종이 떠요. 그건 4종 한 대 값만 받으면 되는데, 이건 1종 2대 값을 내야 돼요.

대신맨 : 저희가 바퀴를 들면….

직원 : 안 돼요. 견인차가 끌어야 돼요.

 **결론** 승용차가 승용차를 견인할 경우,
통행료는 2대 값을 내야 한다.

## 슬리퍼를 발에 거꾸로 끼우면 오리발처럼 사용할 수 있을까?

시킨 사람 : rck001

■ 시킨 일 : 슬리퍼를 발에 거꾸로 끼우고 수영하면 오리발처럼 사용할 수 있는지 실험해 주세요.

수영장을 찾은 조PD와 대신맨.
일단 맨발로 수영을 해 보는데…
참 느리다.
수영장 길이 25m.
대신맨 1분 45초.
조PD 1분 46초.

오늘의 도전.
슬리퍼로 오리발 만들기.

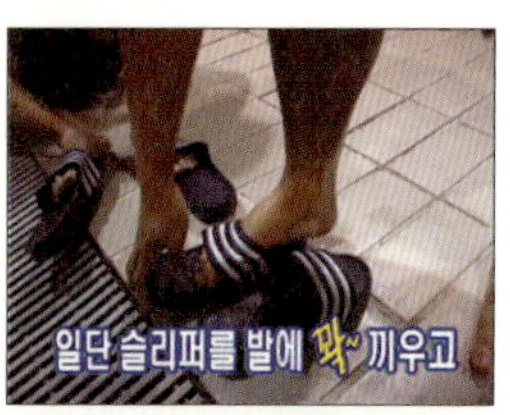


일단 슬리퍼를 발에 꽉~ 끼우고,
검정 테이프로 단단히 고정시킨다.
과연 슬리퍼 오리발이 효과가 있을까?

실험 START.
엄청난 추진력을 보이는 두 사람.
정말 빠르다.
카메라가 못 따라갈 정도….

김PD : 왜 그렇게 빨라?

조PD는 50초에 도착.
대신맨은 51초에 도착.

이번에는 세기의 대결, 슬리퍼 오리발 VS 진짜 오리발.

출발!
과연 얼마나 차이가 날까?
스타트는 비슷한데 점점 앞서가는 진짜 오리발.

현저히 차이가 나더니
진짜 오리발 승리.
슬리퍼가 오리발을 따라잡기는 힘들었다.

지친 조PD와 대신맨.

**결론** 슬리퍼를 발에 거꾸로 끼우면
오리발처럼 사용할 수 있다.

# item 37

## 휘발유의 불붙는 속도는 어느 정도일까?

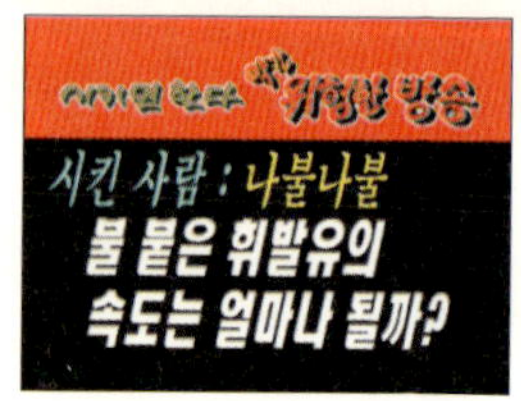


시킨 사람 : 나불나불

■ **시킨 일 :** 휘발유에 불을 붙이면 속도는 어느 정도가 되는지 실험해 주세요.

위험한 실험인 만큼 철저히 준비하는 제작진.
30m의 거리에 일단 알루미늄 호일을 깔고
불을 잘 붙게 하기 위해 줄까지 준비했다.
공사 현장을 방불케 하는 실험 현장.

휘발유를 붓고…
만반의 준비는 끝났다.
본격적인 실험을 하기 전에
30m 달리기 기록 측정.
5.22초.

그렇다면 불이 붙는 속도는?
드디어 불을 붙였다.
검은 연기를 내며 불이 붙는데
예상과 달리 빠르진 않다.
19.00초.

 **결론** 휘발유의 불붙는 속도는 생각보다 빠르지 않다.

# 오징어나 낙지 먹물로 붓글씨를 쓸 수 있을까?

시킨 사람 : poster71

■ **시킨 일** : 오징어나 낙지는 먹물을 내뿜는데, 그 먹물로 붓글씨를 쓸수 있을가?

본격 실험에 앞서 일반 먹물로 붓글씨를 써보는 제작진.
잘 써진다.
권PD, 명필은 아닌 듯….

오징어 먹물 얻기 START.
에구, 쉽지 않다.
오징어 먹물 얻기 1차 도전 실패.

가까스로 오징어와 낙지 먹물을 얻는 데 성공.
붓글씨를 써보자 부드럽게 잘 써진다.
일반 먹물 못지않다.
오징어와 낙지 먹물로 쓴 붓글씨,
일반 먹물과 다를 바 없어 보인다.

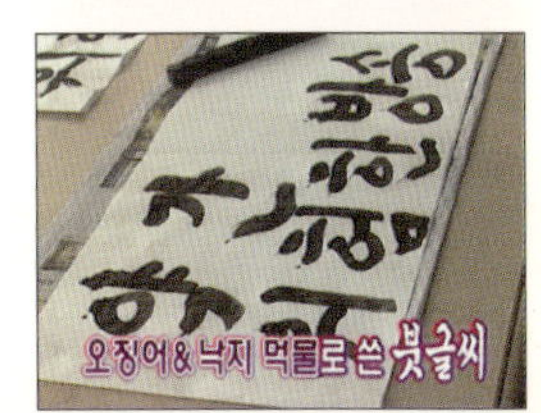

 **결론** 오징어나 낙지 먹물로도 붓글씨를 쓸 수 있다. 하지만 비싸다.

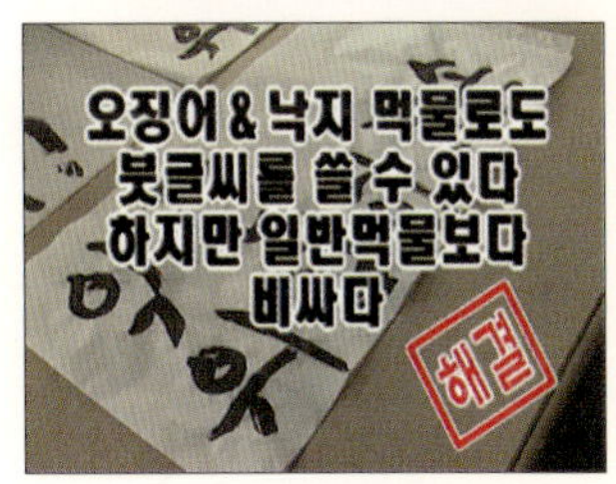

# item 39

## 순우리말 중 가장 긴 단어는?

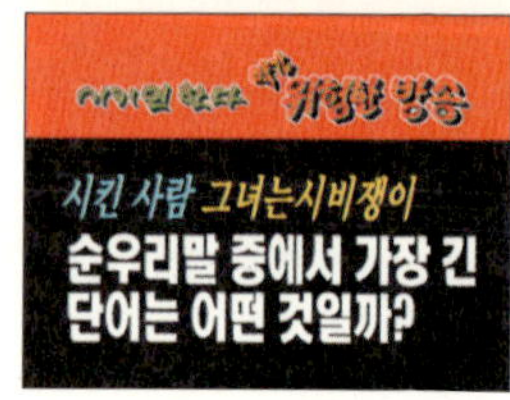


시킨 사람 : 그녀는시비쟁이

■ **시킨 일 :** 순우리말 중에서 가장 긴 단어는 어떤 것인지 찾아 주세요.

국어대사전을 뒤지기 시작하는 제작진.

오, 8글자 발견.
바늘엉덩이물벼룩.

이번에는 9글자.
가시비늘바다지렁이.

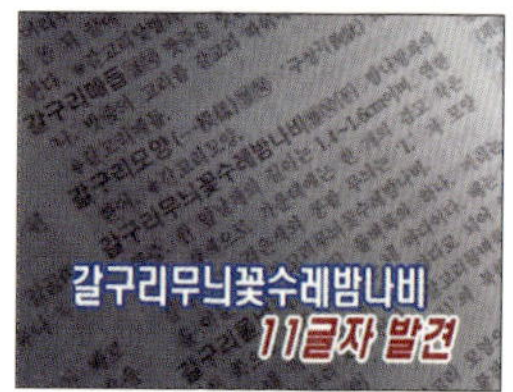


국어대사전을 넘겨도, 넘겨도 끝이 안 보인다.
대략 난감.
그 때, 갈구리무늬꽃수레밤나비, 11글자 발견.

이것이 끝이 아니다.
노란목파란돌드레번티기, 11글자.
닭개비노랑뒤날개밤나비, 11글자.
모시금자라―남생이잎벌레, 역시 11글자.

눈이 아프도록 찾았다.

 **결론** 순우리말 중 가장 긴 단어는
11글자다.

# item 40

## 사나운 개에게 엉덩이를 보여주면 조용해진다는데, 사실일까?

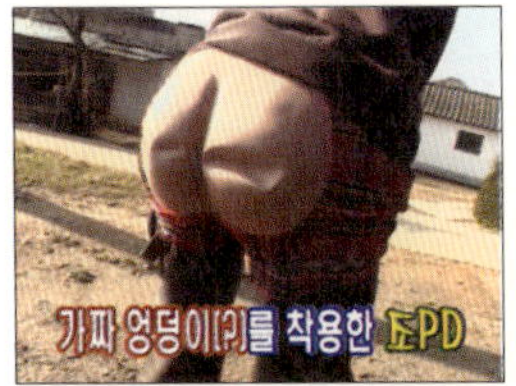


시킨 사람 : 싸나운걸

■ **시킨 일** : 사나운 개에게 엉덩이를 보여주면 조용해진다는 말이 있는데, 사실인지 실험해 주세요.

가짜 엉덩이(?)를 착용한 조PD.

씰룩씰룩 귀엽게 움직이면서 첫 번째 실험 대상인 누렁이 앞에 섰다.

조PD, 살짝 엉덩이를 보이는데도 계속 짖는다.

안 보이나 싶어 좀더 가까이 가보지만 변함없이 짖는다.

희한한 녀석 다 봤다는 표정의 누렁이.

주섬주섬 바지를 입고 철수.

두 번째 실험 대상은 갑돌이와 갑순이.

제작진을 보자마자 짖기 시작하는데….

조PD, 엉덩이를 보이자 조용하다.

거기에다 유별난 관심까지 보인다.

세 번째 실험 대상은 깜둥이 부자.

엉덩이를 보여도 경계하듯이 더 짖는다.

 **결론** 사나운 개에게 엉덩이를 보여줘도 별 반응이 없다.

# 생닭을 치킨 집에 가져가
# 튀겨달라고 하면 어떻게 될까?

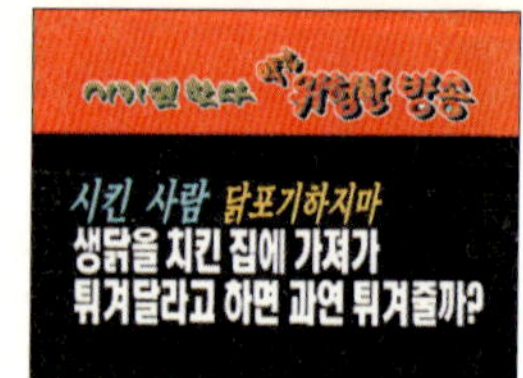


시킨 사람 : 닭포기하지마

■ **시킨 일** : 생닭을 치킨 집에 가져가 튀겨달라고 하면 과연 튀겨주는
지 실험해 주세요.

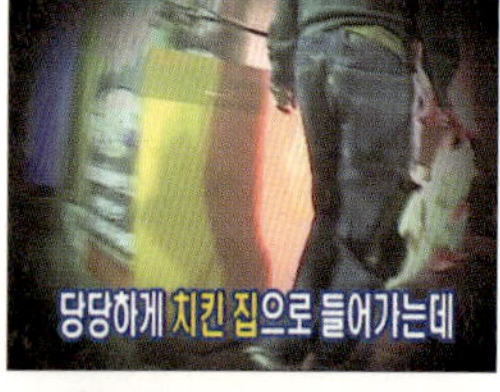


생닭을 들고 닭 튀기러 가보자.
거리에서 생닭을 든 대신맨, 당당하게 치킨 집으로 들어갔다.
당황하는 주인.

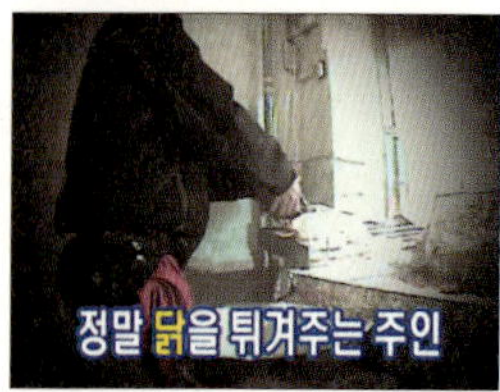


대신맨 : 튀기는 데는 얼마예요?
주인 : 2,500원 받겠습니다.

정말 닭을 튀겨주는 주인.
그 모습을 보며 입맛을 다시는 대신맨.

대신맨 : 닭을 튀겨달라고 찾아오는 사람이 있
나요?
주인 : 가끔씩 있죠.

잘 튀겨진 닭을 맛보는 대신맨.
맛있게도 먹는다.

**결론** 생닭을 치킨 집에 가져가 튀겨달라고
하면 튀겨주기도 한다.

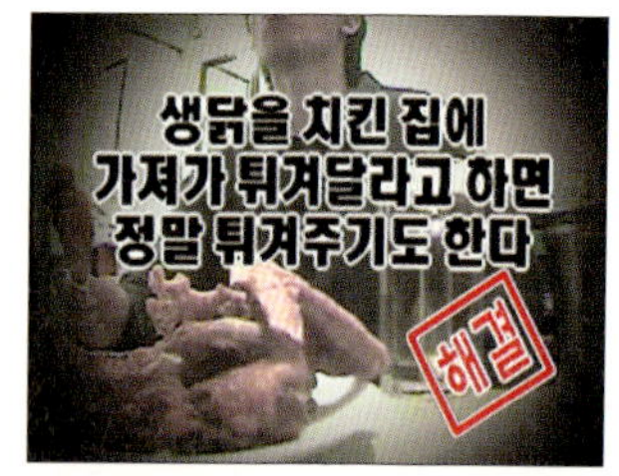